Cirineo

Relatos y obra de teatro

Herman Moreno Dávila

Nueva York, 2021

Cirineo: relatos y obra de teatro

ISBN-13: 978-1-952336-04-1

E-mail: carlos@artepoetica.com
Mail: 38-38 215 Place, Bayside, NY 11361, USA.

Cirineo

Relatos y obra de teatro

Herman Moreno Dávila

Contenido

Réquiem Festivo

Y todos los carnavaleros fuimos recibidos con pañuelos blancos en mi pueblo —de cuatro calles, tres laberintos y dos plazas— cada una escenario del odio y el rencor histórico de los bandos contrarios. Hoy es día de alabanza satánica. En el festejo vale todo, excepto la fuerza bruta, el machetazo a destajo, o el tiro de gracia a mansalva, que ocurren a diario. Hoy es un momento de emoción anti-rutinaria:

(CANTA)
¡Salve, salve placer de la vida!
¡Salve, salve sin par carnaval!
De Riosucio, la tierra querida
eres hija del diablo infernal.

¡Se inicia el festín! Comparsas de personajes medievales anacrónicos y de extraterrestres dismórficos, desentonadas bandas musicales de desdentados, niños vestidos de adúlteros jugando con el santísimo expuesto, putas disfrazadas de ninfas, señoritas vírgenes con vibra-consoladores ajustados a la bragueta, travestis de época, poliedros cataclísmicos, todos gimen sus propias tonadas que describen y apabullan la realidad local, nacional o mundial. Un exceso de etanol liberador se apodera del caserío.

Y un personaje que debe permanecer inasible e inconspicuo, si es que consigue mantener su cabeza encima de los hombros, entra triunfal al pódium ferial: Porom-porom porom pom-pom… El Matachín que bajo su figura juguetona y altanera tiene el derecho y el deber de develar a los pecadores soterrados de la comarca. Las mujeres infieles con camándula, los que no pagan sus deudas, los avaros, los que apuestan su mujer o el himen filial, los que invitan a la mesa —pero desaparecen subrepticiamente, los gais de closet sin condón, los incestuosos a medias, las zoofílicas de pekinés y gallina, las inspiradoras del ménage à trois que huyen, los blasfemos que comparten el lecho con el padre sordito y otros innombrables fuera del festejo.

Y este he sido yo por cuarenta y cuatro años. Anuncio entre risas, trago, baile y estupor los decretos delatores que son el plato fuerte para el Satán misericordioso que está sentado en el atrio con sus testículos sonrojados arrojando fuego por la boca y por el ano. A lo largo de los años aprendí la importancia de besar su escroto para mantener una virilidad imponente a toda prueba, aunque mi próstata inflamada intente impedirlo.

Los invito a escuchar una contra-plegaria al rey del carnaval:
¡Oh monstruo del mismo centro del universo!
Señor del profundo abismo,
ser incandescente e inmundo.
Dador de placer y venganza
ayúdame a descubrir a tus hijos
y así conciliar a la familia
que se irá a la paila mocha.
Bienvenido a esta tierra de socavones horribles,
de minas sin negros, ni indios, ni oro, ni plata;
guarida perfecta para tu alta majestad
¡Oh! Supremo ser, protégeme de los vengadores
que acechan en el callejón oscuro…

Y diciendo estas palabras invoco la inmunidad del Matachín y entrego a nuestro poderoso alter-ego, los eventos y personajes que le ofrendamos en sacrificio.

Ser Oscuro: he mitigado el dolor de tres viudas, pues su difunto esposo era el mismo —poligamia ignorada por las dolientes— quienes conocedoras de la noticia se convirtieron a la fe mormona para sobrellevar la carga y deshacerse sin culpa de sus bastardos descendientes. Evoco la célibe relación de Monseñor C con cinco mozuelos de Cipirra quienes comparten el lecho sacro después de la comunión, con asentimiento materno y con refinados diálogos en latín en medio de la enunciación de los misterios gozosos y de los actos dolorosos.

Aquí, la turba ruge y vocifera, gritos satánicos de alabanza, carcajadas sulfurosas y estrepitosas colman la plaza mayor. Ni el torrente etílico, ni el temporal enviado por el altísimo consiguen disminuir la emoción despertada por mis acotaciones. De pronto, un estrepitoso destello celestial, sin preceder trueno ni relámpago, al parecer en pacto con Ekhako dios del rayo, estremece la plataforma y alcanza al presidente del carnaval que está a mi derecha; una devastadora descarga de trece mil voltios lo achicharrona por dentro sin que por fuera se le note; tan solo convulsiona durante treinta minutos, en medio de los bramidos de la plebe ebria que celebra el fenómeno, hasta que su exhausto cuerpo se desvanece en cenizas.

La conmemoración no puede proseguir sin quien la comande. Pero por suerte satánica, el hermano gemelo del extinto blanco celestial asume el mando de los festejos dos horas más tarde como si nada hubiera ocurrido. El único reparo que presenta el comité del carnaval se refiere al amaneramiento exagerado del gemelo T, al parecer debido a los largos periodos de permanencia en París y al abuso del licor producido por la familia Briottet, la Crème de Cassis. Pero en carnaval esta condición cuenta a favor del jolgorio, subraya el edil mayor, y el nuevo presidente invita a los matachines menores a continuar con la presentación de decretos, la música y coros de comparsa, la pólvora incendiaria, el desenfreno de toda pasión, la embriaguez enceguecedora con guarapo, las danzas insinuantes y la tortura sistemática de los enajenados por el alcohol a los toros en una plaza improvisada de bambú, a punto de colapsar.

No faltaría la embestida certera de un toro miura bastardo, que propina una cornada letal en el abdomen a un jovenzuelo torero esporádico, un tal niño G-B, del cual no queda nada bueno luego del evento. Una vez se exponen los treinta y dos metros de intestino del miserable ex-verdugo, el astado hurga por sus órganos más profundos, exhibiendo a todos los carnavaleros el hígado, páncreas y riñones —como si estuviéramos en banquete de bodas. Despedimos con honores festivos al toro y al torero, mientras la madre del héroe abraza con júbilo al ganadero. Hemos desafiado de nuevo los designios astrológicos.

Después de esta experiencia electrizante me rehúso a asistir de nuevo a la ceremonia sacro-demoniaca y peor aun a subir de nuevo al pódium o a cantar en comparsas. Cavilo y sueño múltiples veces recreando histórica y moralmente estos hechos y en cada una de estas disquisiciones concluyo que la ira divina (en lo alto de los cielos) y el centro incandescente del purgatorio (el de los muertos en pecado) enviaron una señal drástica a mi insolencia. Pero lo que es más importante, me doy cuenta de que Dios y el Diablo son las dos caras de la misma moneda. En ceremonia oficiada por el presbítero R A y por el ministro L (jefe de la secta satánica de Dosquebradas) incinero mi traje de matachín y los decretos y así quedo a paz y salvo con los poderes terrenales. Solo me resta el encuentro final con mi último anfitrión.

Desde el Puente

Vividness and heat purge away from the romantic idea all that is not form, and form is the reward of the aesthete or perceptive human
Harold Bloom
En los días en que no laburo, que ahora son seis de la semana, me he dedicado a enseñar a mis tres sobrinos mayores y a la niña marimacha el arte de la pesca. La primera fase consistió en la búsqueda de la carnada, un animal desmembrado miserable —la lombriz; los lugares más ricos en estos réptiles son los cebollales. Por ello, subrepticiamente los cuatro infantes y yo penetramos los predios de algún cultivo, en todas las ocasiones previas había tenido éxito, pero esta vez luego de excavar la tierra por tres horas y enfrentar dos trabajadores empeñados en proteger lo que no les pertenecía, desistimos de la búsqueda. Regresamos extenuados y a punto de cancelar nuestra travesía, aunque mi madre ya tenía las viandas de viaje preparadas (sudado de pecho gordo, caldo de ojo con raíz de toro, mazamorra con panela y hormigas culonas). M el más chico, hijo de mi hermana la jorobada-artrítica, que siempre fue el más avezado y sonriente, hasta que lo asesinó un policía en una protesta estudiantil; bueno M se tomó dos frascos de Lombrizán y fueron su intestino putrefacto y la contaminación del acueducto local los que salvaron nuestra pesquería.

Tomamos un autobús que llevaba un número de pasajeros dos o tres veces mayor a su capacidad, nosotros viajamos literalmente colgando, era muy agradable pues nos acariciaba el sol y el viento arrullador Valluno. En la Virginia descendimos —o mejor nos descolgamos— procedimos a armar varas de bambú, ajustamos nuestros respectivos machetes al cinto sin no antes darles una última afilada, ordenamos los anzuelos, constatamos los yoyos y por último rezamos la carnada.

Dividimos nuestras rutas dos hacia al norte y los otros tres chicos hacia el sudeste, con un punto de encuentro para el picnic. Cinco minutos más tarde una gran algarabía nos alertó —unos enormes perros de aquellos seleccionados genéticamente para matar y comer del muerto atacaron los niños del sudeste. Todos corrían, excepto la niña que los enfrentó con el machete que ella misma había preparado la noche anterior y degolló los dos pitbulls como si fuese el lunático príncipe Danés, blandiendo la espada envenenada contra Claudio. Desde ese día le han llamado la amazona y ella, por siempre, salvaguarda la instancia maternal.

Fue un día estupendo: treinta y seis bagres, ocho barbudos y las veintidós jetas de perro que no faltan —esta última fue la única especie que devolvimos al caudal inaudito del río Cauca.

M lanzó antes del regreso y su anzuelo se enredó seriamente, fui en su ayuda, luchamos esquivando fragmentos de árboles y rocas agrestes hasta que acercamos a la orilla el anzuelo y su pesada carga; descubrimos que el enredo había ocurrido con el cuerpo de un hombre joven —campesino hermoso— cercenado frenéticamente con hacha, machete y azadón, además del tiro de gracia (esto lo puedo diagnosticar yo que he destajado tantos cadáveres mamíferos en mi profesión y resuelto un par de problemas por las vías del hecho). Asentí inmediatamente —como estos anzuelos son americanos, no los debemos perder tan fácilmente— les expliqué a los niños; acercamos el cadáver y desenredamos el artefacto de la cintura del maltrecho cadáver, salvaguardando la herramienta de pesca.

Los niños lloraron amedrantados y desconsolados. Yo les expliqué que en estas tierras es normal asesinar labriegos pobres —rebeldes solitarios— y arrojarlos al río. De hecho con cierta frecuencia el ejército o la policía nacional ajusticia desamparados solitarios que luego son la cena palaciega de peces y zopilotes. Este fenómeno es ejercido como una práctica de entrenamiento para enfrentar más efectivamente los maleantes de las guerrillas azotadoras o simplemente para mantener el honor patrio, mientras se entona un Ave María, se besa el escapulario y la fotografía del caudillo enano.

Desde el puente de la Virginia lancé mi yoyo ahora sí de regreso, he capturado un bagre tigre —tan grande que su sola fotografía pesaba veinte kilos. He forcejeado con el animal durante dos horas, mis sobrinos me animaban con rezos a San Benito y María Auxiliadora. Logré subir el animal desde las aguas turbulentas del Cauca hasta los linderos del puente unos ochenta y seis metros; cuando los niños y yo contemplábamos el animal muy cerca de nuestra red, el poderoso bagre se deshizo del anzuelo. Pero yo que he sido triatlónista en África, remero en Bali y recientemente conocí las artimañas de los calimas para llegar a la Isla de La Tolita —gracias a las historias de la coleccionista guaquera, mientras amamantaba un delirio amoroso—, me lancé tras la presa sin pensarlo dos veces. No puedo dejar de reconocer que un bagre herido puede ser más veloz que yo en el río, pero mi erudición práctica atropelló la inminencia. Alcancé al huidizo trofeo asfixiado en Juanchito, pensé regresar en contracorriente, pero resolví usar el sistema clásico americano. Los niños esperaban impacientes y me recibieron con cantos de alabanza y el reencuentro de la narración épica culminó nuestra travesía. Ese día fue el origen de la aun no resuelta duda etimológica y sintáctica del nombre Cirineo (raíz latina bíblica) o Sirineo (tras humano de las profundas aguas).

Independiente del formalismo. He rebatido contra la tediosa práctica cotidiana, a manera de experiencia de campo para mis infaustos contertulios. Propuse, cual si fuese un escolar de Nueva Inglaterra, que este transitar del pensamiento no es más que un sueño modulado por los sentimientos y sensaciones verbi gracia: el frío, la lluvia, el miedo, el dolor, el placer y una horrible coraza minimizadora de la expresión propia. Un viva a Schopenhauer por sus ensayos sobre el pesimismo que no son más que una evocación alegre al ser desmantelados.

Al final de la disertación tomamos una foto postal familiar y regresamos nuestra ánima alegre a su cauce. Me ha dicho la Amazona que la fotografía pesa cada vez más, a tal punto que es ahora imposible removerla de su carnadura interior.

Paradigma Inesperado

Vehementemente he jugado al blackjack toda la noche en esta habitación lánguida y oscura y aun no me recupero. As y joker no me han bastado, por fin he coincidido con tahúres más truculentos que yo —pensé. Tan escabrosa ha sido la sesión que por unos segundos hubo dos ases de trébol en la mesa y todas las armas desenfundadas.

Al analizar con detenimiento descubrí las artimañas de uno de los apostadores, un tal Máximo Nepomuceno Kutchenko (este nombre si me gustaría dejarlo —es ficción y me suena bien), pero decidí ignorarlo porque delatarlo significaba su vida o la mía; y este hijo de la noche, aun me debía unas cuantas morrocotas.

Me retiro, no como un perdedor sino más bien como un bohemio que le teme al sol matutino.

La noche siguiente volví dispuesto a enfrentar la maraña de artilugios y la propia historia estocástica que tiene la baraja, pero el señor K barrió de nuevo con la mesa. Un acto temerario que ningún hombre sensato repite en veinticuatro horas. Como he sido psicólogo de barriada y contramaestre en naufragios, le invité a una copa. Mr. K solo aceptó té verde de Bombay, tomamos ambos nuestras bebidas y luego del segundo sorbo dijo —vamos pregunta— y le dije—sabes que odio las situaciones obvias— y él replicó —no consumo alcohol por la posibilidad de que lesione mi riñón y lo necesito intacto; ¿Qué apuro urológico tienes? —pregunté. Uno insondable e incontenible —Respondió. ¿Qué tan serio? y respondió —extremo. Le dije good night— y me dijo —es para donarlo a mi hijo moribundo. Mañana te espero en la mesa —Respondí. Nos aseguramos que las armas estuvieran prontas a la mano diestra de cada uno y fuimos por rumbos diferentes.

Apostamos de manera desbordada y todo nuestro capital se desvaneció en las ágiles manos de un par de judío-greco-romanos. Salimos del sótano casino y esperamos agazapados por muchas horas en el atrio de la iglesia por nuestros detractores, pero los avezados cafres no aparecieron.

Mr. K se empecina en esperarlos en el mismo sitio, todas las noches hace catorce años. Ya su hijo no está y ese hecho refuerza su determinación. De repente estos personajes fueron los únicos ateos o quizás sinólogos tempranos que conocimos. La última vez que vi a mi viejo compañero de mesa de juego aun llevaba su set de barajas preparadas, la daga y una foto pálida de su hijo sonriente.

Esa noche aprendí que el paradigma matemático hecho ley, menos por menos da más, no es otra cosa que una trampa para perros sabuesos sin bulbo olfatorio.

Oscuros Presentimientos

Reconciliarme con la luna advenediza sería una opción, me dijo la vendedora callejera de café-ole, pero me substraigo de este comentario porque nada comparto con ese coercitivo asteroide, sobre todo luego de que mi primera concubina decidiera ahorcarse sólo porque fue cegada por la luna llena y mi indolente ausencia. Por suerte el forense la bajó de la horca a tiempo. Y yo, hombre de armas tomar la acojo prestamente en mi regazo, una condena autoimpuesta que tiene olor al frailejón que tapiza nuestros caminos mas arduos y sensibles.

Regreso al duelo de Peñol, acaricio la testuz del zaino animal y cito de largo para empezar mi faena matinal. Y he acá la brutal cotidianidad que mitigamos con licores pendencieros. Son las dos de la madrugada, la máquina desquiciadora me sustrae de la ensoñación. Viajaba por la Mesopotamia cazando avestruces azules y súbitamente un lagarto —y el grito de mi difunta madre— ¡a trabajar, mijo!

Me acojo al manantial de sabia amarga y eructable que es el laburo. Recuento doce millones de pesos, que finalmente fueron mucho menos, quizás por las pérdidas al juego de dados de la noche anterior y la habitación del derruido motel en el que terminamos Lizbeth la pelirroja, Lorenita y este servidor.

Sea como fuere, luego de empacar en el bajo vientre el dinero, me dispongo a tomar una taza de café y los frisoles recalentados, no sin antes besar mi escapulario.

Voy camino al destazadero a comprar reses en pie para descuartizarlas y luego subastarlas en forma de finos filetes de apariencia ingenua y apetitosa, pensándolo bien soy un verdadero artista de la transición: animal degollado, desangrado y desmembrado, baby beef a las finas hierbas, punta de anca en oporto, capón o gordo de pecho duro, si no fuese tan pernicioso el término me autodenominaría transformista.

Voy pensando en todo y en nada al mismo tiempo y una nueva sorpresa aparece al doblar sobre un callejón oscuro que conduce a la avenida del río, tres jóvenes intentan abordarme. Para desgracia de ellos ese día llevaba mi cuchillo de matarife, pero además estrenaba una Winchester calibre treinta y ocho de gatillo dorado y cacha de nácar. Me sonreí con los personajes y sin mediar palabra, ultimé al más cercano, el segundo intentó huir pero un tiro en el occipital se lo impidió, al tercero no lo vi más. Caminé con el dedo puesto en el gatillo por tres calles interminables un poco más de prisa y al llegar al matadero, alerté a mis colegas sobre el peligro inminente del trabajo en estos inhóspitos parajes.

Aun no estoy seguro de cuál era la intención de estos chiquillos, ni tenía tiempo de averiguarlo en ese momento. Es paradójico, puesto que yo que desprecio al ejército y la policía por chulavitas y misóginos, amo entrañablemente al padre Dedalus el capellán de la segunda brigada, quien me enseñó a jugar ajedrez y dados. ¡aAh! y me obsequió la winchester –salvaguardando así mi capital y el pellejo.

Es tarde, ya no tengo otra opción que retomar esa melodía que canta el mudo —pero que yo entono en una serie de semicorcheas obtusas.

¡Te acordás, hermano qué tiempos aquellos!

Veinticinco abriles que no volverán,

veinticinco abriles, volver a tenerlos…

Que cuando me acuerdo me pongo a ...

Y en efecto no volvieron, ahora me estorba esta maldita sonda vesical, que a mi manera de ver interfiere con el funcionamiento del marcapaso. ¡Ah! tan solo en este instante entiendo la sentencia de la experimentada copera desdentada del cabaret del puente de Cartago: "No hay peor desperdicio para un hombre que no aprovechar una erección". Para consuelo, si es que existe, aun me acompaña el cuchillo en su funda presto para los casos extremos —así sea yo mismo el sujeto.

Notas Para Un Acto Fallido

Cuantos minutos faltan todavía para que descomience lo empezado…

J. E Pacheco

¿Yo el Cirineo, pierdo mi funda? ¡Qué historia tan abominable, ahora me encuentro en una cantina al sudeste de alguna ciudad perdida! Quedé encerrado y atormentado por los burdeles y las estancias secretistas que un día visité… y aun no sirven la última copa. Al final solo un poema dolido de Cástulo Castillo.

(CANTA)
Espera el calvario de la partida
del hombre que no tuvo ni nada tendrá,
nada más la lasciva aquiescencia.
¡Ese soy yo
un circo sin payaso y sin enano,
mi obituario reza, y qué!

La desgracia que nos acontece se debe al alcohol y al verso malevo de arrabal. Mis contertulios, estas dos chicas de labial carmesí y liguero rosa almidonado, medias veladas zurcidas con esmalte uñigal, el caballero esquivo del bandoneón anacarado y la sombra que huye, parecen coincidir con tan peregrina sentencia. Y yo el ex-torero de la plaza mayor, medio campista, reparador de armas medievales y consejero de la diócesis, sereno expongo el corolario de marrano holandés a la Espinoza. "Miren el caso de Don Olmedo u Olmelot, que con su Rincón Clásico (cantina rio-otuniense) amamanta dieciséis hijos y veintitrés nietos; todos exuberantes de salud, que dormitan y sueñan al ritmo de Homero Manzi y de Bella Bartock; en la mañana ayudan a su benefactor abuelo a tirar a la calle al último noctámbulo, mientras sus hermanitas arman buñuelos que mantienen muy frescos con la bombilla de doscientos vatios encarcelada en la vitrina, cocinan el garbanzo, muelen el maíz y desnatan la leche. Y vuelve la nocturna barahúnda y recomienza a completar el ciclo, como los Nibelungos. Mi discurso fue tan elocuente como el de Bruto en el patíbulo senatorial y tan conmovedor como el de Adriano frente al cuerpo exánime de Antínoo, afirma mi factótum, que también lo es de otros sesenta y dos hijos de la noche.

La audiencia aprueba la moción y ordena para la mesa una botella de Absinthe, dos naranjas, hielo, un chicharrón de cerdo aguamazudo, la melodía y una piedra de amolar que me mantenga afiladas a las niñas, mis mal llamadas armas blancas, aunque si algo tienen es su esencia penetrante y oscura. Apenas discernimos como en los recintos filosóficos de la antigua Grecia, y dice Pate'gato, alma bendita: a la luz de un candil allá en Tumbabarreto, —estamos desafiando al destino— y de repente: tapetetuz, irrumpe la cuadrilla de los que llaman los aplanchadores, comandada por los hermanos Sangre Yuca y Comején, dieciséis hombres armados de machetes de veintidós pulgadas desfundados y prestos a apalear o mutilar, dependiendo del caso, a todo aquel que consideren opositor político o religioso o simplemente extraño. Nosotros somos nueve muchachos y las niñas.

La Reina Margot, como la conocemos, tía abuela de la muy reputada Marta Pintuco, los recibe con abrazos; le sonríe apasionadamente y besa a Sangre Yuca, y con la misma pasión furtiva le clava su puñal en el corazón, le acierta en el propio ventrículo derecho, así me lo revela luego mi sobrino el veterinario. Esta es clara señal de duelo armado. Blandimos nuestras armas —todo fue muy confuso, ruedan algunos fragmentos auriculares y otros apéndices amorfos, jubilosos resuenan himnos políticos sacros y blasfemos al unísono. Una puesta en escena roja intensa de dolor y odio, de pasión sin esperanza entre hermanos que ignoran a quién pertenecen o por qué, ni saben que su madre parió fuego y que el Ángel solo los congrega en carnaval. Sobrevivimos a este acto gregario no más tres de nosotros y Margot. Desde entonces cohabito con mi reina, sus tres hijos, mi madre, dos hermanas y mis cuatro sobrinos, todos felices. Hasta que el maldito terremoto nos sepulta a todos. Vengo de los escombros a resarcirme, a esclarecer la verdad, a conjurar el bien, expongo lo entredicho, deshago los hechizos. No es tarde para ser amamantado por la loba. Cantemos todos.

(CANTA)

Susurro de dolor adormilado,
ponzoña que no has envejecido,
hedor a sifilítico guarapo,
saquen el arma presta al corte,
remójenla en el surco de sangre,
la vida que se va
cadente debe ser su hálito final
su agonía.
Arrurú niña muerta sin ojitos
Reina Margot retira ya la daga
Tra, la, la la la la.

Fragmentos de un Viaje

El mismo día en que desapareció bajo el lodo denso e inmisericorde, esa población de ganaderos, abastecedora con mis bestias, llamada Armero, decidí partir. Algún sobreviviente relataba cómo se acogieron a las instrucciones de un sacerdote que les prometió que dios les salvaguardaría, pero no fue así, se trataba de un fenómeno geológico: un volcán eyaculando si se le mira antropomórficamente, sin dios ni intención. En el lugar solo quedó pestilencia y muerte y a su alrededor dolor y llanto. Estas serán tierras muy fecundas en mil doscientos años y los próximos ganaderos muy felices, aseguro monseñor C durante la ceremonia de despedida.

Partí acompañado de un libro que está escrito en dialecto tanguero, llamado por los aficionados pseudo-intelectuales gauchos: lunfardo. El libro se intitula "La Crencha engrasada", de Carlos de la Pua o el Malevo Muñoz, está escrito como un sublenguaje, como una actitud, como una salida a ciertas oscuridades del espíritu. Y por ello lo he traído a mi viaje al norte, a la Isla de la esperanza donde el propio de la Pua contrajo la sífilis hepática.

Heme aquí en el aeroparque con nombre de traficante, rodeado de hombres que hablan en lengua-perro y tienen intenciones de impedirme el paso, pero yo me desenvuelvo holgadamente y replico frecuentemente: Yes Sir, No Madame. Y al primero que me lanzó una frase en ese lenguaje nauseabundo conocido como spanglish "te llamo pa'tras baby y toma el mapo que tá en el rufu" entonces le contesté lunfardiando: "Es al bardo que quieras trabajarme cachuso, nadie ha logrado engrupirme potriyo". El hombre me contesto: "speak up papi, en el barrio todos somos manes duros" y replique: "Engrupido debute farolero, de mucho cuello y de corbata escasa. Ya que curva sos bacán pesebrero no te sacas el feite". El malevo se llevó la mano a la cintura y un segundo bribón dijo: papo acá no, deja así pa'la próxima.

Súbitamente me encuentro intentando traficar con licores, pero el negocio tenía dueño y ahora son patrones los propios Kennedy. Así que no me quedo otra opción que limpiar rascacielos. Me imaginaba como en esa ostentosa fotografía, donde los labriegos amerindios toman ron y saborean habanos mientras instalan a 1500 metros de altura la última columna que sostendría el Empire State.

Pero no, yo lucía zapatos tenis color amarillo limón, slacks de terlenka bota campana, camisa caqui con un emblema que en que se leía "Cleaning Crew", en la mano derecha una sustancia química que aniquila bacterias, levaduras y hongos, pronto aprendí que también arrasa con el músculo cardiaco y los conductos prostáticos produciendo una postración impotente e incontinente; así lo demostró mi jefe de turno, un indio descastado enlodado en dicho químico por veinte años, que ahora yace moribundo en su lecho atiborrado de zopilotes esperando su banquete final.

Al contemplar esta situación, compré mi propio recipiente y le he llenado de aguardiente cristal, fuimos todos felices, el jefe, las bacterias y yo, porque al final de la tarde nos sumía un jolgorio inexplicable. La alegría de culminar la miseria laboral era amputada casi instantáneamente, porque esta secta norteña, condena sus vástagos a laborar incesablemente, de tal forma que cuando termina la jornada tan solo queda esperar el inicio de la próxima o iniciar un segundo o tercer turno.

En una noche de frío polar me encuentro rodeado por catorce millones de vivos, ausentes y yo inminentemente solo, completamente solo, sin la posibilidad de toparme un lupanar sobrecogedor o al menos una voz enemiga de reto, ni siquiera una mirada de desprecio. Caminando aleatoriamente termino en una cantina de tréboles sombríos y ordeno 1, 2, 3 whiskies; el cuarto fue pagado por una mujer madura, rubia natural (cosa que consideré blasfema) pómulos prominentes y piel entretejida por telarañas rojizas propias de quien desayuna vodka de papa y cierra el día con un Rémy Martin. A esta mujer la conocí como Margot II, sin nunca saber su nombre bautismal, fuimos amantes silenciosos por sesenta y siete días y noches, tampoco supe su procedencia, en ocasiones le decía meretriz esteparia y en la alta noche le llamaba en sueño mi polo-polaris matrusca, no sé porque acaricié la idea que pertenecía a alguna etnia subpolar, su lenguaje gutural e indescifrable me excitaba cada vez más. Mi monita aprendió a bailar pasodoble, fox, milonga, tango y bolero, tal como si hubiese sido entrenada en las cantinas de luz grana y oro habidas en la plaza de la libertad (centro oficial del homicidio risaraldense). El día sesenta y ocho me informó que su marido vendría pronto y jamás la volví a ver. No me dejó ni una foto, tan solo una botella vacía de Old Parr con una leyenda que dice: para el Cirineo de su monita.

He aprendido a creer en la falacia y a retroceder el alfil aun fuera del campo de batalla y es así como he conocido otro personaje misterioso, una hermosa, educada y aristocrática mujer benefactora de las artes y los ascetas. Una criatura poseída por un malvado ciego que la hace dormir en su cama de madera aserrinada para sobrellevar los trasegares del alma y luego la conmina a salones lujosos pero vacíos, cenas reales sin postre y luego la lectura insensible de la migración forzosa de la tribu guerrera Balint originarios del sur de la India, noche tras noche. Esta mina ha soliviantado mi existencia, le he pertenecido y me pertenece, pero ambos estamos atados al aserrín indumentario y a la levitación secreta. Además, toda penuria acrecienta nuestra pasión domiciliaria. Sumándome a la idea de que la antítesis conlleva una descripción ortogonal complementaria, le he dedicado a mí capricho de abolengo rancio estas anti-estrofas robadas del Percal Puano.

Musa del arrabal, musa mitonga,
triste fruto del vacío y la pasión.
Naciste destinada a la milonga,
al arrullo de un tango de salón.
Piba bonita que el andar taquero
te vende sin pensarlo, sin querer
y entre el mugre piropo canfinflero
llegás hasta las puertas del taller.
De ojos azules donde brillan llamas,
trágicas llamas de ansias homicidas,
está el pueblo que sufre en tu mirada
en todas sus pasiones contenidas.
Para vos estos versos rantifusos
hechos de zurda, sí, de corazón
como a tu vida triste, lo impuso
el arrullo de un tango compadrón.

New York, New York como canta la cabaretera hombruna, donde lo extraño es no ser foráneo, pero al mismo tiempo el extranjero documentado con huellas digitales falsas, no hace parte de la ecuación social, no existen o existen en un submundo mortífero. Exiliados sin embajada, ni tendencia política, ni revolución en marcha, gentucha que solo le huye a la miseria. Este es un pueblo de putas a las que únicamente el liguero se les puede tocar y pero con un billete en mano, riñas tan solo verborréicas, amores sin palabras y límites definidos, fiestas con horario y alucinógenos intravenosos. Este sombrío manantial de pesadumbre incita la evocación sepulcral. ¡Ah! Pero una bienaventuranza me ha rescatado, un cerdo liliputiense con carnet policial anti-migratorio me ha capturado, he sido llevado a una celda repleta de travestis amorosos y horrorosamente feos y en setenta y dos horas estaba de regreso a mi patria boba, la de la guerra perenne, la que aniquila y riega los cafetales con sangre y sudor de sus propios hijos, allí regresé rodeado de aves de rapiña que saben que mi regreso es tan solo ceremonial. Reconvengo mi corbata, ordeno una botella y espero, pero será por poco tiempo. Anatema rufián de la diatriba y reinicio otro ciclo esta vez desde las sombras…

Presencia Inaudita

Al asesino de mi procreador

Jalá de la punta, tirá duro y parejo, soliviá el paraviento y clávale la estaca Jorgito, que si se cae el toldo es culpa tuya culicagao y te ganás tu cueriza —me advierte el hombre manchado de sangre—, a mí, que a la sazón tengo siete años. Cada mañana la horda sanguinolenta en la que mi padre brega, amuela con frenesí los cuchillos contra una piedra de superficie exquisitamente lisa, llamada piedra india, que a pesar de su nombre proviene de Luxor, Aswan o de las tiendas Nubias según el fenicio que las venda.

Don Heberto, el matarife, termina de alistar las reses que le ayudo a guindar para la venta y le sirve un trago, un fermento de caña y maíz, a nuestro buen amigo A C, hijo de I C, la mujer que cocina la comida para los presidiarios, el caspete. Comemos viandas de preso y bebemos el licor casero. De súbito A se levanta cuando ve llegar a P y a sus dos hijos, saca el revólver español lechuza y les martilla seis veces… la pólvora no quema y los P le caen encima, clavan sus puñales una y otra vez en la humanidad de A sin mediar palabra, sin que él mueva el dedo del gatillo y sin que ellos revelen el menor gesto de rabia o temor. P padre dice: ya, dejemos así, vamos a atender el puesto.

El propio Heberto destaza los animales de los P. Yo, cubierto de sangre, arrastro el cuerpo agónico hasta el Hospital, donde me señalan de una vez el sitio de la morgue.

Vuelvo presto a mis labores; en la plaza todo transcurre como de costumbre, la sangre de A se mezcla con la de los animales recién destazados y corre ya por alguno de los arroyos que aquí nacen. No entendí, ni entiendo qué ocurre.

A las cinco tumbamos los toldos, tiramos las sobras a los lánguidos perros, limpiamos y enfundamos los cuchillos y nos vamos a celebrar el fin del día, a la luz roja, con milonga y mujeres desdentadas. Vuelvo tarde a casa con mi padre a cuestas, que murmura en una jerigonza ininteligible su retahíla de desprecio y rencor a la policía conservadora, al clero y a un tal Ospina, el patriarca ultra-godo del momento. A la vista del portón, mi padre se desploma abruptamente en mis brazos sin completar su jaculatoria y muere lentamente

diciendo: "vos sos el único varón de la casa Jorgito, cuidá a tu mama y a tus hermanas…
—¡mijooooo!!!!!"

Heredo mi propio toldo cuando mi papá no había cumplido aun treinta y ocho años. Y mientras afilo el cuchillo contra la india encuentro a mi padre otra vez, por fin más tranquilo, a veces de cuerpo entero, y otras solo su sombra enorme dándome instrucciones sobre el cuidado de la herramienta. Crezco esperando arrieros que nos traen de muy lejos el ganado y en su presencia veo al más celebre de los vaqueros de a pie, sin que nada le falte para el caballo: E H, Pate Puerca, que enlaza a trescientos metros cualquier toro por arisco que sea y en el suceso se cansa primero el astado que don E. A Luisa D la culebrera y a su hijo Luis que siempre están borrachos desde el alba hasta el anochecer, los únicos que venden carne de chivo, vísceras e intestinos. Una vez los vi sobrios y el incesto se reveló como un asunto bochornoso, para esta especie nuestra tan proclive al juicio moral. Veo a P G, poseedor de un machete corneta, con su pata de cabra nacarada como mango, puesta por él mismo. Con esa herramienta con la que había limpiado tanta maleza y aterrorizado a gran número de enemigos políticos, su amadísima esposa doña A B, la dentista, lo ajustició una noche en que se atrevió a manchar el lecho nupcial con una sirvienta Embera que ella compró en Tumbabarreto.

Con el oro de Supía, llega la colección abigarrada de salones para familias, bailaderos, cantinas, fuentes de soda y casas de lenocinio. La draga americana se engulle el río y escupe muchachas nuevas del país y hasta del Ecuador y Venezuela. M V, la Teti-mocha, un hembronón de pelo negro que perdió un pezón en una riña, es la señorona de La Bamba. Famosa por su destreza con el puñal, matrona de la Chenchi, coja del pie derecho, de M N, dama de Manizales venida a menos, nombrada la Bicicleta. De Ana C, la sevillana del Valle, mi amor de infancia, arrebatada por R L, banderillero español famoso en el arte de ponerlas a toro parado desde el balcón con la boca.

En la noche de su fuga me consuelo con la Gata, N O, dueña de El Brindis. Allí también están Heberto el matarife y el destazador Paulino, pasados de guarapo. Entran los niños P hermosos y muy sonrientes, engominados y copetones. Ya en el alba, y en medio de la danza, Heberto se acerca al más joven de los P y lo degüella de un tajo; el mayorcito que también está en la pista, grita espantosamente —al tiempo que ve a su hermano exangüe recibe la puñalada aórtica que le propina el destazador.

Yo, el Cirineo, el matarife y el destazador salimos a ofrendar la venganza en la tumba de A C. En el panteón prendemos un par de velas, cenamos costillas de cerdo fritas, arepas y chunchurria, platos predilectos del difunto, remojados con aguardiente amarillo que no embriaga, pero enloquece.

Con el rocío de la aurora, nos percatamos de que estamos en la tumba equivocada, pues A fue enterrado en frente, en el cementerio de los Rosacrucistas y Monofisistas, presidido por Horus, cabeza de halcón.

Hoy, en al año de la rata, cuántos lustros han pasado, salgo del tacto sodomita del urólogo, pienso en A y le prometo pronta compañía y encuentro al pasar a mi amor rancio —Ana C, con su extensa cicatriz en el cuello que me dice: hábleme duro caballero que estoy muy sorda, no me demore, voy a la iglesia.

Trasegar Oriental

He was neurotic and an invalid, but he possessed a serenity of soul….

In memoriam a mi difunto esperpento.

La bestia que hay en mí es la que perturba a nuestros comensales de cada noche, pero esa intemperancia es dominada por las adoratrices que componen mi comando del placer, mis alfiles de la sensualidad, mis exégetas de la hermenéutica hedonista. Magnolia la hirsuta, Ana Gillette la llorona, Miriam la poetiza, Aurora la para-psicótica, las bailarinas que trae la italiana desde lugares recónditos, que danzan y divierten en mi cabaret sin preguntar ni censurar, de suerte que mis adustos clientes se convierten en orangutanes melosos.

Quizá es mi secular condición de observadora y la elevada protección del monje Bach detrás de los teclados la que me impide ser arrojada en los devenires del romance idílico, el cual sólo conozco a través de la lectura de la novela francesa del siglo XIX, pero la realidad es la que presenta una contundencia arrolladora. En éste, mi paraje, una inquietante incitación me sobrecoge al abrir el hermoso libro forrado en piel de vicuña; obsequio del yanqui adinerado que lo robó del anticuario de Calle Corrientes para su ceremonia de circuncisión. The Arabian Nights traducido a una lengua a la que recurro ahora que huyo de mi misma y de la ceremonia del té, buscando el arrabal, que finalmente me atrapa. No intento hablar de las vicisitudes del rey Omar o de las damas de Bagdad, ni de la historia del Sheikh. Me refiero a la dedicatoria de Isabel Burton— "I dedicate this edition to the women of England", que yo, por mi condición de dueña de casa, leo como —a las mujeres del mundo. Y continua la Burton…" sabedora de que la mayoría apreciará el fino lenguaje, la exquisita poesía y el arte del amor de oriente". Condescendientemente con la cita, aquí la recreamos a cada noche, al abrigo de un tango, al ritmo de suculentas cenas, el bouquet poético y los placeres carnales más variados, en elegante disposición. Mientras yo, la anfitriona, animo con el piano la cadencia propia de quien asiste, pero no pertenece, o sólo pertenece en lontananza.

Es época electoral y como de costumbre en mi morada se consolida la tertulia pagana que sostiene intelectualmente la república, según expresión del Nuncio Apostólico cuando invitó a Dorotea la gitana a bailar una milonga. Yo cuidaba de los huevecillos de esturión llegados del mar Caspio y disponía, para los dos ministros conservadores que nos visitaban esa noche, el caviar Beluga —tienen tanta sal y grasa que estos miserables borrachos podrán resistir la noche sin exabruptos etílicos. Mi asistente Teodolindo, que también es modisto, peluquero y afinador de pianos, dijo: —Doña Marta, reserve lo más delicioso, los Sevruga para el invitado especial. ¿Viene el señor presidente de la republica? —Dije— pobre hombre que sufre de la inmovilidad característica de quien ha perdido su lóbulo frontal y ahora usa la banda presidencial como pañal. Dele pan tostado con mantequilla de cacahuate que es lo único que disfruta y este peluche de felpa al que confunde con su hija C-- Teodolindo replicó —¡no, no! es una sorpresa de verdad —confíe en mí doña Marta, entonces seleccioné los huevecillos dorados a la espera de tan ilustre incógnita.

Como cada noche, los recintos de la casa estaban repletos de notables cabecillas de organizaciones políticas, negociantes de armas, terratenientes expropiadores de negros e indios, traficantes de prebendas, distribuidores a gran escala de estupefacientes, intelectuales sin criterio, pero con embajada, es decir la clase dirigente del país.

Cuando todos los comensales se encontraban en la cima del éxtasis etílico, me retiré, como lo hago siempre, para evitar la insensatez de los desinhibidos patriarcas. Al llegar a mi recámara y disponerme a estudiar los intrincados acordes de Ginastera, llegó una de mis chicas dando alaridos como si fuera la emisaria del califa que ha extraviado su himen. ¡Salgan!, ¡salgan! que llegó el señor del acordeón. Salí en compañía de Cirineo a recibir el invitado. El hombre lucía ligeramente apabullado pero transparente y el asunto tomó un cariz indescriptible, una sublime presencia cuando abrió el fuelle de su bandoneón y emergieron notas para mí desconocidas e intensamente cautivadoras. Aparecieron los Troilo, los Salgar, los Pugliese y Piazzolla y por sobre todo, el interprete y compositor que nos deslumbraba y que terminó con la fastidiosa rutina conduciéndonos a un estado de contemplación, a un éxtasis estético, a lo que un anciano asceta persa llamó "el ritmo de la belleza".

Entonces perdí mi brújula, de forma tal que mi oriente empezó a ser guiado por el magnetismo de este hombre. El dolor del impulso amoroso irracional se apoderó de mí.

De mí, que adiestré niponas disfrazadas de colegialas en el arte de la dádiva amorosa y sobre todo en el desamor; de mí, que aprendí a contener la eyaculación coital con espasmos vaginales arrítmicos y jamás amamanté un despecho amoroso. Pero el che Juan cautivó mis sentidos, alimentó mi intención de conspirar contra él, el eunuco poderoso que está en la cruz, es decir, me interné por un camino que yo sabía inexistente, pero aun así le aposté al encanto.

La conmemoración de la primavera, como denominamos a nuestro impromptu amoroso, tuvo como conclusión un Lullaby mortal, un finale consolatorio, porque mi amante se va, se aleja constantemente de mí y yo decidí soñarlo y cada vez que el ciclo lunar concluye, lo visito a manera de resarcimiento oscuro. ¡Ah!, pero eso sí, perduran las notas, las melodías, me quedo con su legado que arrulla mí desesperanza en re menor a cada noche.

Transito Continental

Mi camino no está definido; pienso en re-empezar la danza que dejé a medio camino la noche anterior al ritmo de Monteverdi. Vuelo como águila marina hambrienta de ruiseñor. Ya instalada en el umbral intento el próximo compás y no recibo la señal de iniciación, estoy harta, desasosegada, estoy hasta aquí, como dice Anastasia, mi nona…

Abandono mi caserío medieval, mi armonía falsa, el camino de mi temprana edad y entonces cierto personaje me visita intempestivamente, me revela una desconocida forma de danzar, no sé de dónde viene, no pertenece a mis olivos y girasoles, ni a mis casonas helénicas y palacetes en ruinas. Pareciera que proviene de tierras pobladas por aborígenes olorosos a canela, habitantes de selvas indómitas e impenetrables —a las que mi paisano el genovés llamó el Nuevo Mundo. Abro mi diario a punto de partir, se rompen mis amarras.

Les presento mi comparsa, las damas bailarinas que poseen el secreto filudo del noctámbulo, ignorantes del uso del revólver Pietta, nunca visitantes de la sinagoga de Maimónides o del gran paraíso del Piamonte y aun así exquisitas intérpretes de la libido viril. Vienen conmigo para deleitar con su canto, excitar a la turba adormilada, mitigar la abulia callejera, encender el cigarro que se apaga y curar al desvalido. ¡A cantar y a reír todos!

Tropiezo, ¿donde está la luz? Al fondo del túnel, bailemos el primer compás o me confundo, abismo del tango, tambaleo, intentémoslo de nuevo, él me lleva yo lo sigo, un ave que no sabe volar— vuelve a mí, ¿dónde estás? ¡Ah! no es la marca del tiempo, ni el torso rígido o la genuflexión de malabar, ni el sublime liderazgo del varón, es tan solo la mirada penetrante, mira mis labios de cera grana, mis cejas repintadas de café, mis pestañas que me adornan negro zaino, soy yo, La Veronesa. Este hombre ha ahondado y regresa sin jamás haber partido, me zambulle en la danza maleva, nos miramos, nos amamos en alcurnia fraudulenta al compás del dos por cuatro.

Mi alma gemela dice: estás en esta fastuosa y peligrosa danza por azar, estás predestinada, todo ha sido dispuesto, sube al tablado, la misma loba que amamantó a Rómulo, también complacerá a tu virginal lectora sáfica. Te busco, Amalia H y no te hallo, tu tumba está desmantelada, no vienes a la cita que propone mi bruja. Ni tus ancestros mayas, ni el Peñón de Los Baños, ni la primera vibración del cristal anunciador, me dejan que entrelace tu mano.

Se dice de mí, se dice de mí.
se dice que soy fiera, que camino a lo malevo, que
soy chueca y que me muevo con un aire
compadrón, que parezco Leguisamo, mi nariz
es puntiaguda, la figura no me ayuda y mi boca es
un buzón.

Doña Marta, qué boulevard sombrío y solitario transitamos. ¡Ay! Si el tiempo que lo tritura todo sin miramientos echara un salto atrás. ¡Ay! mi doña, hábleme al oído de su amigo el físico alemán, Adorno; el que lo sabe todo, o casi todo, o al menos lo imagina — quien disertó claramente sobre el concepto del tiempo negativo en la mecánica cuántica y en el caos— bailemos un vals, deme su mano, ¿van a venir nuestros visitantes nocturnos?

Crucé el océano atlántico un incontable número de veces, pero esta vez es especial, vine decidida a re-encontrarte Cirineo. Apretemos el paso, dime no con el hombro, asiente con la punta del pie. Me hace falta el roce de la fría agarradera de tu cuchillo cuando me aprieta para dar el giro. Tantas cosas que no puedo escribir porque este lápiz ya empezó a sangrar. Te busco por milongas y cantinas y no te topo, si alguien lo ha visto —¡díganme, DÍGANMELO!!!

Ansia Proclive

El hombre entra en la herrería de mi padre y ordena que le afine el puñal. La hoja nuevamente cortante le cercena la lengua, el macho se atraganta con su propia sangre y grita a borbotones: ¡Gloria eterna al Almirante M!! Luego corre y corre inalcanzable y deja caer su gorra de marino, y él mismo cae, pero no cae, lo sostiene el deber honroso de ser excombatiente de Las Malvinas, la misma devoción del misionero.

Despierto abruptamente, percatándome de que mi vida ha sido hecha de estos cortos quilombos que aparecen y desaparecen, retazos entrelazados en secuencia caótica. Hoteles lujosos sin solárium, pero con velatorio, conciertos vespertinos a la madrugada y visitas onerosas sin guita. Reabro la esquela y no encuentro la nota que dejé escrita anoche y entonces irrumpe, o mejor dicho gime con cierto matiz dramático, este mi instrumento, que en realidad de verdad no es mío, pero yace sobre mí, o quizás somos ya una y la misma cosa. Así acompasados, con cadencia y alternando la vicisitud con la certeza, conservando la tradición del calendario híbrido Han Sheng Xiao transcurre de nuevo esta existencia, este proceso autorreferencial.

Ahora a manera de reconvención recordatoria, es decir, con el pensamiento esmerilado de lo ya acontecido, aparece esta escena en un espacio que reconstruyo sin límites físicos, ni temporalidad definida, pero sí geométricamente. Es un gran salón de milonga, o mejor, muchos salones sin división material, pero sí conceptual. Al frente, a 30 grados siniestros, las cuerdas que se debaten entre Villalobos y el flamenco; 10 grados al oeste los vientos que esperan la orden de partida o al menos un suspiro y en la tercera división, en la esquina sureste, los teclados híbridos donde me hallo y de donde emerge laboriosamente un tal Evaristo Carriego que me arranca unas notas. En cada uno de estos rincones enumerados habita un conglomerado de jovenzuelos ansiosos que templan sus instrumentos, como quien ajusta el paracaídas en la vecindad del abismo o a la espera del desastre inminente.

Y aquí entra un hombre altanero, imponente, que luce un traje a la usanza de la guerra de guerrillas maoísta, propia de la América sureña, con el periódico del partido comunista debajo del brazo. El negro Mela me llama con el dedo índice y me dice —haber vos, che, flaco, que toques algo. Y yo toco y toco y no he dejado de tocar por los últimos decenios desde que el Negro Mela, el asistente de Pugliese me lo indicó. Propongo otro arreglo e incorporo las variaciones en el tango de Rovira y en la oscura calle que lleva a la plazuela del Barrio Quilmes me encuentro bailando esa melodía con ella —la propia mina— la intocable, mi acariciante espectro, la que fue y sigue siendo, la única. Me invita a continuar con otra y otra pieza, porque, escúchame, la música sin sensualidad y sin sexualidad no es nada —es una escoria— no transmite— che, es una total boludez, y mi chica Marta sí es una piba que lleva el ritmo y mejor que todo— como en el tango viejo, arremete a cada insinuación melodiosamente, con la pasión amorosa de quien sabe qué vendrá y hacia dónde vamos, cada paso es cadencioso, no es un repertorio que aprendiste, es una forma de vida, una constante insinuación que te la mancas o te jodés, así es— la vivís o no, ta.

Siempre estamos en el borde del abismo, la misma cuerda floja. Un retorno circular luego de una benevolente extravagancia y el regreso al nicho. Adán y Eva, ¡Ah!, que estupidez he dicho, quería decir Hunahpú and Xbalanqué ensimismados como las criaturas procreadoras del género humano. Danza que se sumerge en la arena movediza y propone en movimiento la alegorización de la metáfora.

Ahora mismo, como de la nada, un aire de performance me transporta a la isla rodeada de varieté llamada Manhattan. Ingreso a un recinto antiguo y lujoso, donde gigantescas pancartas anuncian los más prominentes músicos que parecen conservar la cadencia y gracia de los siglos XVI y XVII. Ancianos hermosos coronados en pódium y con rejón de castigo en su mano diestra, rodeados de súbditos abyectos que semejan la guardia personal de Alcibíades, pero estos armados de violines, violas, arcos, catapultas estilo arpas, metales y vientos. En el vestíbulo de este oráculo musical aparecen súbditos de Hirohito ansiosos por comprar el boleto de acceso y pagar diez veces su valor para exhibirlo en frente de sus cámaras fotográficas autoajustables, que esconden en múltiples receptáculos de su atavío. También parejas de vejetes que toman sus últimas pastillas para así tolerar al menos la primera parte del concierto, un par de chicos amanerados en sandalias plásticas y slacks de pescar rodilleros, que preguntan si el concierto incluye percusión. Una esbelta mujer solitaria que luce piel de mink alrededor de su cuello, a manera de asesina proba, resarcida por el diamante. Todos estos personajes parecen estar esperando en riguroso silencio y toman una copa en mi nombre —asumo, soñador.

Entro presto, cierro los ojos, interpreto e improviso, me someto a la apoteosis que enceguece a manera de pergamino en bóveda y luego, ahíto me alejo de ese lugar emblemático y taciturno: El Carnegie Hall… y camino hacia el nordeste y hete aquí el parque Strauss, donde habita tranquila, en reposo acomodaticio la estatua viviente de la diosa de la memoria Mnemosine, la situación pareciera un recurso urbano, un intento desesperado de conciliar el recuerdo.

Ordeno las piezas flotantes en ese maremágnum que es nuestra propia historia y a la mitad de un ensayo reaparece Mariela, la veo nítidamente, oigo su voz ahogada por los estertores de quien respira dificultosamente bajo mi peso, pero aún palpita y vuelve a gritar: ¡Vengan, vengan!, que volvió el hombre del bandoneón, salgan de las guaridas mis queridos espectros, regresen de la infamia de la cita al encuentro con el cancerbero. Aparece también el champagne que ha perdido sus burbujas y concentrado su alcohol, los platillos finamente dispuestos pero inaccesibles, la cubertería rucia, el mantel manchado macabro. Un candombe que trastabilla su ritmo dentro de la cumbia, pero aquí estamos —estoicos, resistiendo la transitoriedad, lo fugaz. Marta me pregunta a qué hora sale tu avión, no respondo, mejor dicho, replico con un vals amilongado que implica, pero no concluye.

Y como la mejor venganza es el olvido, al decir de mi invidente paisano, entonces miro de nuevo la noche parisina, el vino perfectamente servido, el jazz de trasfondo pre-guerrero, los cultores de protestas sublimes, la puta sin domicilio, el acorazado destrozado y la turba indómita. Preparo de nuevo mi bandoneón, dispongo las partituras, doy la señal a mi cómplice pianista, pero antes de la primera nota observo que vamos todos persiguiendo el can que ha robado en su boca la paloma mensajera, no es el mensaje el que importa, es el simple hecho de que la paloma no es comestible pues tiene las plumas alacranadas y las uñitas almidonadas.

El secretista mimetizado

A Pina Bausch que substrajo de la sabandija la forma de reptar plásticamente,

con la cadencia de quien conoce el lugar de la emboscada

y aspira por última vez su cigarro.

Los hechos son contundentes. El trajín de la subsistencia continúa. Debo aligerar el paso, pretender que nadie me persigue. Fue huyendo del momento como aprendí ciertos ademanes en prisión. Me escapé una vez más aunque solo sea de momento. En el salón de baile elijo la que será mía, la piba que debe seguir al galán de barrio en cada paso e insinuación rítmica sin protestar el más mínimo detalle ni esperar recompensa. Sobrevivo por cierta condición que no puedo ni quiero explicar. Asciendo y desciendo del escenario como si el ave legendaria me hubiera prestado sus artefactos. Sirvan pues, las bandejas, que el comensal de turno regresó de la gira por Asia menor y se va a tomar su guarapo, a vestir el liquilique, a untarse la gomina y a iniciar de nuevo su recorrido.

Hace veinte dos años, quizá un poco más, salí del pueblo, aunque salí es un decir, porque en la soledad y oscuridad que habito vienen de visita en sucesión mis amigos de juventud, casi a diario a contarme de nuevo lo que realmente pasó. Como si yo no me acordara. Propia, singularmente ese día en la avenida del río cuando con Carlo Magno y Ancisar salimos del Ansia, sin igual cantina y abordamos maliciosamente en la madrugada al tal Cirineo, tentando su suerte de tahúr— atrevimiento nefasto. El carnicero, que poseía dotes místicas, resolvió el encuentro de una manera insólita y arbitraria a mi forma de ver diría Carlo Magno, si tan solo íbamos a pedirle consejo en el juego del dado cargado y la ruleta rusa y quizás algunas monedas prestadas, pero el envalentonado individuo arremetió contra nosotros de una manera feroz y sin mediar palabra ni finta, sacó el revolver prendido y en cuestión de segundos mis amigos yacían exangües como corderos degollados. Yo huí y no me correspondió desaparecer ese día de este planeta, aunque sí del lugar de donde provengo. Corrí con una meta establecida, no volver a mirar a atrás como la que se convirtió en estatua de sal; sin embargo, cada noche me paralizo en el tiempo, no avanzo, voy y vuelvo, una cuerda me jala hacia el desbarrancadero y ahora que converso tanto con Carlo Magno y Ancísar, que continúa quejándose, me cercioro de que el tal Cirineo nos ultimó a todos.

Con frecuencia inusitada me despierto en diferentes parajes del mundo a la luz de una lámpara que no corresponde al resplandor que espero, un cuadro de Gauguin invertido, unas sabanas andaluzas en Madagascar, en un estado de inadvertida constancia que desborda el momento —al fin y al cabo por lejos que parezcan estar las Islas Marquesas de los arrozales del Mississippi, esta tierra está habitada por animales con un repertorio imaginativo limitado con tendencia a la reiteración. ¡Ah!, déjame aclarar querida sombra, si aun estas allí… que este tiempo solo se compara con el que pasé en la celda, cuando dormía en el camarote más alto, cubierto con papel periódico amarillento y finamente tapizado con un filamento vegetal entrelazado— que por allá llaman cabuya. En ocasiones mi lecho recibía visitas inesperadas que, aunque funestas en el sentido varonil de mi comarca, eran consoladoras después de seis largos años de celibato. Una guarida que me resguardaba de la luz exterior y hasta de la luna jupiteriana. Terminé en ese estrecho espacio, conminado a la lectura de los transgresores corruptos que me precedieron, allí por ejemplo entendí que el Mein Kampf es un libro de auto-estima, que el Corán está dispuesto en versos satánicos pero adorables, como todo maleficio. Hombres celebres también encarcelados me ayudaron a sobrellevar la carga: Oscar Wilde que desde su celda en Galor decía con desesperación— "Cínico es el que sabe el precio de todo y no le da valor a nada" o Joyce, sujeto del licor y la estupefacción jesuítica amamantando la ironía irlandesa— o el barón de barones Jean Genet, el jactancioso de su altísima bajeza parisina. Estos caballeros del verbo estaban presos por insolentes, por desobedecer al establecimiento —por ser ellos. Pero yo estaba en prisión por desvalido social, porque me confundieron— regreso al instante donde luego de mil ochocientos diecisiete días con sus largas noches, un hombre pequeñísimo, pigmeo en expresión y forma dice— a partir de hoy estás libre, nos hemos percatado de que tú no has cometido el asesinato que se te imputa— vete antes de que decida enviarte a otro pozo más profundo, bicho miserable. Salí corriendo, abrazando sólo a mis contertulios de al lado a través de las rejas, besando sus sienes ennegrecidas y sus labios quebrados y me alejé en llanto como si fuera culpable. Ahora me miro en un espejo que no invierte la imagen, y ni me reconozco y digo, con la propia voz del pigmeo —maldito sea el momento en que te construí perro huidizo.

Es hora de ponerse gomina italiana, el traje oscuro Gucci, los pisantes franceses de charol, la corbata de seda japonesa y llegar al cabaret a bailar con la más hermosa. Te animas, digo, ella se sonroja, entonces pienso en las noches que no he pasado aún en Estambul, los recuerdos de lo que no he de vivir y la invito a taconear ese tango que no es mío ni de ella, ni de ambos…

Herman Moreno Dávila

Cirineo
Obra de teatro

Agradecimientos especiales del autor por la revisión del texto a Linn Cary Mehta y Oscar González-Barreto

Diciembre, 2020

PERSONAJES

CIRINEO

ANIARA [BAILARINA Y DAMA DEL SALÓN]

ASNORALDO [BAILARÍN]

JUAN [BANDONEONISTA]

MARTA [DUEÑA DEL SALÓN MONTEFIORE]

TEODOLINDO [ADMINISTRADOR DEL ESTABLICIMIENTO]

MÚSICA ORIGINAL: DANIEL BINELLI, POLLY FERMAN Y PABLO MAYOR—
TEMAS ESCRITOS POR HERMAN MORENO

DOS MESAS, PROYECCIONES EN LAS PAREDES, Y UNA PISTA DE BAILE.

SE ESCUCHA EN MÚSICA GRABADA DANZA DE LOS PUÑALES.

(ENTRAN ASNORALDO, CIRINEO, ANIARA Y TEODOLINDO CON MÁSCARAS, Y TRAJES INTEMPORALES.

BAILAN LOS CUATRO UNA COREOGRAFÍA ABSTRACTA, DONDE SE MUESTRA CADA UNO COMO ES.

ASNORALDO ESTÁ CELOSO DE CIRINEO POR ANIARA.
LOS CELOS CONDUCEN A UNA PELEA DE CUCHILLOS. EN EL MOMENTO EN QUE LOS DOS VAN A APUÑALARSE, EMPIEZA A BAJAR LA LUZ.

ASNORALDO APUÑALA A CIRINEO, QUIEN QUEDA HERIDO DE MUERTE.
OSCURO.
ANIARA, ASNORALDO Y TEODOLINDO SALEN. SE ILUMINA A CIRINEO, QUE APARECE EN SU VIEJA MESA, QUE ESTÁ AL FONDO OPUESTO A LA PANTALLA.)

CIRINEO
Yo, el Cirineo, pierdo mi funda. Encerrado y atormentado
por los burdeles y estancias secretistas que un día visité.
Denme la última copa y el poema dolido de Cátulo Castillo
Tango del Calvario.

Espera el calvario de la partida del hombre que nada tuvo
ni nada tendrá. Ese soy yo

Un circo sin payaso y sin enano, Así reza mi obituario, ¡y qué!

(PROSIGUE, COMO SI FUERA UNA ALUCINACIÓN.)

Jalá de la punta, tirá duro y parejo, soliviá el paraviento y clavale la estaca Jorgito que si se cae el toldo te ganás tu cueriza culicagado. Cada mañana, en medio de la horda sanguinolenta donde mi padre y yo bregamos, se oye el amolar frenético de los cuchillos contra una piedra de superficie exquisitamente lisa, llamada piedra india.

Don Heberto, el matarife, termina de alistar las reses para la venta y le sirve un fermento de caña y maíz a Antonio Cañaveral, hijo de Isabel Cañaveral, la mujer que cocina la comida para el caspete del vecino presidio. Mientras comemos viandas de condenado y bebemos licor casero, llegan Piraquive y sus dos hijos. Antonio se levanta, saca el revólver español lechuza y les martilla seis veces, la pólvora no quema y los hermanitos Piraquive se le van encima y clavan sus puñales una y otra vez en la humanidad de Antonio sin mediar palabra, sin que éste mueva el dedo del gatillo y sin que aquéllos revelen el menor gesto de rabia o temor. Y el padre les dice: Ya dejemos así, atiendan el puesto muchachos.

Arrastro el cuerpo agónico de Antonio Cañaveral, los dos ensopados en sangre, hasta el hospital. Cuando nos ven me señalan de una vez la morgue. Vuelvo a mis labores; todo transcurre como de costumbre, la sangre de Antonio se mezcla con la de los animales recién destazados y escurre por los arroyos que nacen en los mataderos. Yo, apenas de siete años, no entiendo qué pasó.

A las cinco de la tarde tumbamos los toldos, tiramos las sobras a los perros, limpiamos y enfundamos los cuchillos y nos vamos a celebrar con luz roja, milonga y mujeres desdentadas. Vuelvo tarde a la casa con mi papá rascao a cuestas. A la vista del portón el viejo de repente cabecea y expele una babaza color rosa por boca y nariz, emite un mugido como de toro descabellado, se desploma y se va yendo muy lentamente sin cumplir treinta y ocho años, diciéndome "vos sos el único varón de la casa Jorgito, cuidame a tu mamá y a tus hermanas… mijooohh.."

A veces, mientras se acarician el cuchillo y la india, se presenta otra vez mi padre, se presenta de cuerpo entero muy tranquilo, y otras veces vuelve solo su enorme sombra: "Cuidá la herramienta Jorgito, cuidá a tus hermanas"…

Una de tantas noches en la cantina El Deseo escuchamos la melodía, el silbido del cuchillo a la piedra de amolar que me mantiene afiladas a las niñas, las armas blancas, de esencia penetrante y oscura. Pate'gato, anima bendita, se endereza, levanta la copa, y dice: desafío al destino! Y de repente, tapete-tuz, irrumpe la cuadrilla de los aplanchadores, que mandan los hermanos Sangre Yuca y Comején, dieciséis machetes de veintidós pulgadas prestos a liquidar a todo opositor político o religioso. Nosotros somos nueve, contando a las niñas. La Reina Margot, tía abuela de la muy reputada Marta Pintuco, abraza a la pandilla y con pasión furtiva besa a Sangre Yuca mientras le hunde el puñal que acierta el propio ventrículo derecho. Brillan los aceros, todo es muy confuso, ruedan orejas y apéndices amorfos y al unísono resuenan jubilosos himnos políticos, sacros y blasfemos.

Sobrevivimos a este acto gregario Margot y tres de nosotros.

(PAUSA)

Me instalé con mi reina Margot, sus tres hijos, mi madre, dos hermanas y nueve sobrinitos, por cierto algunos muy bonitos, hasta que el maldito terremoto me los sepultó. Vuelvo de los escombros a esclarecer la verdad, a resarcirme, a conjurar el bien. Expongo lo entredicho, deshago los hechizos. Cantemos todos.

[ENTRA TEODOLINDO CON UNA BOTELLA Y COMIENZA A ACERCARSE A LA MESA DE CIRINEO, QUIEN COMIENZA A CANTAR CON VOZ DE BORRACHO. TEODOLINDO LO OBSERVA Y AFINANDO SE UNE POCO A POCO A LA MILONGA. CANTA CON ORQUESTA]

Milonga oscura
Susurro de dolor adormilado,
Ponzoña que no has envejecido,
Hedor a sifilítico guarapo.
Saquen el arma presta al corte, Remójenla en el surco de sangre.

La vida que se va,
Cadente debe ser su hálito final,
Su agonía.
Arrurú niña muerta sin ojitos,
Reina Margot, retira ya la daga
Tra la li, tra la lo

[TIMBRA EL TELÉFONO INTERRUMPIENDO LA MILONGA.]

TEODOLINDO
Tra la li, tra la lo,
despertáte Cirineo,
que aquí el que manda soy yo.
(SUSURRA) Está llamando la patrona.

(EN LA PANTALLA APARECE MARTA, MUY ELEGANTE, SENTADA
AL PIANO. MIENTRAS HABLA, EMPIEZA A ACOMPAÑARSE CON
UNOS ACORDES. DIRIGIENDOSE A TEODOLINDO:)

MARTA

A ver nenito, soliviá el ánimo, aplicáte el labial carmesí
que te traje de París, ajustate el liguero, ponete un poco de
rubor en la areola y apretá el sostén. Hoy es sábado lunar
del año de la rata y el asunto del senado y cámara va a
decidirse de inmediato. A dónde más van a ir los próceres
a negociar sino a la casa nostra. Acordate que es   en
nuestra morada donde se consolida la tertulia pagana que
sostiene intelectualmente la república, tal como sentenció

el propio Nuncio Apostólico cuando invitó a Dorotea la gitana a bailar una milonga.

TEODOLINDO

(ENSEÑÁNDOLE A MARTA A CIRINEO EN EL TELÉFONO)

Mire, mi doña a quien tenemos aquí.

(EN UN TONO MAS BAJO EN EL PIANO, MARTA SONRÍE AL VER A CIRINEO DORMITANDO EN SU BORRACHERA.)

MARTA

Fijáte querido Teo, una inquietante incitación me sobrecoge al tocar este hermoso piano, regalo de un yanqui adinerado. El magnate me envió este lujurioso instrumento por barco. Ese si era un cliente de los de verdad, no como los de ahora.

TEODOLINDO

(MIRANDO A LA PANTALLA)

Bueno, no debería quejarse, patrona, porque el ahora expresidente de la Republica, el César, y después secretario de esa inútil organización inter-americana, me hizo muy feliz, y tambTén a mi amigo modisto, al afinador de pianos, al peluquero… Tanto fue el amor que me iba a llevar de secretario de defensa, a mi que la única arma que conozco es el cortaúñas y las cuchillas Guillete que se usar muy finamente entre mis dedos índice y anular.

[ENTRA ANIARA, QUE SE SITÚA EN UN CÍRCULO DE LUZ FRENTE A UNA DE LAS MESAS: TRAE UNA MALETA DE CUERO Y SE DIRIGE A TEODOLINDO.)

ANIARA

Perdón, puedo hablar con la dueña de la casa?

(TEO CORTA LA VIDEO-LLAMADA.)

TEODOLINDO

La señora esta en su luna de miel en su casa de las Españas. Soy el encargado de la casa. Qué se te ofrece?

ANIARA

(INTIMIDADA) Yo… soy A...niaaa...

TEODOLINDO

Déjame ver si tiene tiempo de atenderte. Cómo decís
que te llamás?

ANIARA

Aniara, señor.

TEODOLINDO

Me agradas. Puedes decirme Teo, que es como me
llama la señora Marta. ¿Y de dónde venís?

ANIARA

Yo señor…Yo inicié mi camino en un paraje de palmas
de coco y arenas grises en la desembocadura de un rio
que enturbia la mar, enorme y majestuoso. Ahora estoy
en este trance dando un escarmiento a mi destino.

TEODOLINDO

¡Que sutil! En esta casa la sutileza se reserva para los
momentos críticos entre las sábanas de lino persa. Pero
decime de una vez, ¿de dónde es que venís?

ANIARA

Abandoné mi caserio caribeño donde, la leyenda dice,
se hospedó el propio Simón Bolívar. Partí porque cierto
demonio me visita intempestivamente y me revela una
desconocida forma de danzar. Anticipo el paso como
si ello fuera suficiente, pero esta criatura ahonda y me
zambulle en una danza.

TEODOLINDO

¡Ah! Entonces es un impulso amoroso el que te arrastra a
estos lugares; por acá eso no te conviene.

ANIARA

Llegué a estos ámbitos atraída por el olor a café y panela
de sus hombres y su singular color tostado que me
trastorna.

TEODOLINDO

(ABRE OTRA VEZ LA VIDEO-LLAMADA. APARECE
MARTA EN LA PANTALLA.)

Doña Marta, esta niña viene a ofrecerle sus servicios. Su nombre es Aniara.

MARTA

Mirá Anianda, llegaste al famoso Montefiore, la casa de las célebres Arañas.

ANIARA

Mi nombre es Aniara señora.

MARTA

Yo a las chicas que vienen a trabajar conmigo las llamo como mejor me parezca, además no me gusta que me interrumpan.

ANIARA

Discúlpeme doña Marta.

MARTA

Te decía que las Arañas son niñas de gran melena, provenientes de universidades pontificias. Tienen la

habilidad de incitar a la danza en éxtasis prenupcial
a cualquier obeso político alopécico, eccematoso y de
órganos flácidos. Y todas con carnet de sanidad. Teo
querido, acordáte que hoy tenemos una cena especial.

TEODOLINDO

Todo esta listo, Señora. Las Arañas duermen en sus telas.

ANIARA

Doña Marta, ¿puedo ayudar en algo con la cena?

TEODOLINDO

No, gracias. Todo esta dispuesto. Hoy recrearé los
platillos que el chef Pierre Gagnaire nos ofreció a su
merced y a mí en su restaurant de la Rue de Balzac la
primavera pasada. Habrá pepinos, granite roquete,
zanahorias tarbais perfumadas en jengibre, salmón
nórdico en base de mouse de watercrest, una excelsa
crema de ancas de rana sabanera con espinacas
corrugadas de Pijao, raviolis de arroz salvaje negro con
espárragos verdes de Mariquita, y como plato fuerte un
Cocotte de conejo de Mistrató confitado en aceitunas
negras de Mekines y gnocchis uruguayos en tomatillo
acapulqueño. El postre y el plus-café son un secreto. Le
avisaré Doña Marta cuando las Arañas y la cena esten
listas. (SALE TEO.)

MARTA

Aniara, empieza a   trabajar esta misma noche si estás disponible y si ya tienes tu carnet. Vendrán los delfines, hijos de los poderosos políticos. Vas a ver una gran gama de corruptos moralistas, con sus saltimbanquis que actúan de gerentes o jueces; por suerte la mayoría sólo saben usar la lengua.

(MARTA EMPIEZA A TOCAR UNA MELODÍA MUY FESTIVA LLAMADA *Más ligera que el viento*. LA VIDEO-LLAMADA SE DISUELVE. ANIARA TOMA SU MALETA Y CUANDO VA A CAMINAR SIGUIENDO A TEODOLINDO, REPARA EN CIRINEO, QUE HA PERMANECIDO TODO ESTE TIEMPO EN SU MESA DE SOMBRA. ÉSTE SE LEVANTA Y COMO SALIENDO DE UN ENCANTAMIENTO, SE ACERCA A LA ZONA MEDIA DEL SALÓN. ANIARA SE MUEVE HACIA CIRINEO Y PARECE ENTRAR EN UN LUGAR DE LA MEMORIA.)

CIRINEO

¿De dónde sales tú?

ANIARA

Soy hija del mar y mi camino no está definido aun; paso las noches pensando en reempezar la danza que dejé a medio camino la noche anterior, pero el júbilo se niega a acompañarme, intento el próximo compás, pero no recibo la señal de iniciación. ¡Y ya estoy harta, te participo,

saturada como diría mi abuela Anastasia! Por eso me fui.
Ella me nombró Aniara. (EXTENDIENDO SU MANO A
CIRINEO.)

CIRINEO

(ZALAMERO, BESA SU MANO.) Te arrancaste de tu
abuela para venir a estos cafetales verde-tierra, que
esconden el dolor y el miedo a cada paso, a laderas
bañadas por ríos repletos de peces alimentados   con
cuerpos de labriegos revoltosos, de niños desnutridos
y mocosos, de bares colmados de bandoleros. ¿A qué
juegas?

ANIARA

Comienzo este largo tránsito para una muchacha que no
encuentra la luz al fondo del túnel, y de nuevo caigo en
el insostenible juego de quien persigue un ave sin saber
volar.

CIRINEO

Y se puede saber, ¿a qué le llama una caribeña hermosa
como tú bailar tango? No llegaste a esta fastuosa
danza por azar. Te lo digo yo, que domino el arte de
la quiromancia y el espiritismo. Pero no se diga mas,
considérate en casa. ¡Bienvenida!

(CIRINEO REGRESA A SU MESA, SE PONE SACO Y SOMBRERO, LEVANTA LA COPA Y LLAMA A TEODOLINDO)

CIRINEO

¡Tirame la música, mi lindo!

(COMIENZA A CANTAR DE ESPALDAS A LA PANTALLA: TANGO DEL HOMBRE SOLO. DESPUÉS DE LA PRIMERA LÍNEA, TEODOLINDO ENCIENDE LA PANTALLA. MARTA Y JUAN EMPIEZAN A TOCAR EL PIANO Y EL BANDONEÓN SIN SER ADVERTIDOS POR CIRINEO. TEODOLINDO SE UNE A LA CANCIÓN.)

CIRINEO

Ven ángel negro,

Ser incandescente e inmundo,

Dador de libidinoso placer,

Ayúdame a descubrir a tus hijos

Y así conciliar a la familia

Que arderá.

Ven a esta tierra de socavones,

De minas sin negros ni indios ni oro,

[AGARRA A TEO]

Pero llena de putas y putos,

Guarida perfecta para vuestra majestad.

Protégeme de los mediocres

Que acechan en el callejón,

¡Oh, supremo ser!

(TERMINA EL TANGO Y MARTA APLAUDE.)

MARTA

¡Bravo, bravo… Despierten a las Arañas, enciendan candelabros y pongan manteles! Bienvenido querido Cirineo. Justo a tiempo para la cena.

(CIRINEO MUY TEATRALMENTE SE POSTRA DE HINOJOS ANTE MARTA, LE TIRA BESOS ZALAMEROS. ESTAN JUNTOS EN LA VIDEO-LLAMADA MARTA Y JUAN, ÉL VESTIDO TODO DE NEGRO, MUY RECATADO Y DISCRETO CONTEMPLANDO A MARTA CON FELICIDAD.)

JUAN (A MARTA)

¿En qué mundo estamos? Mi vida está hecha de estos
cortos quilombos que aparecen y desaparecen. Anoche
dejé escritas unas notas y ya no las encuentro. Y ahora me
quiere acompañar este instrumento, como si fuéramos él y
yo una y la misma cosa.

(JUAN TOCA CERRANDO LOS OJOS INTERLUDIO DEL LOBO PARA
BANDONEÓN COMO UN LOBO EN UNA LLANURA REMOTA
QUE LLAMA A SU HEMBRA. CIRINEO SE SIENTA EN UNA SILLA
A LADO DE TEO Y LOS DOS ESCHUCHAN FASCINADOS EL
BANDONEÓN. ANIARA EMPIEZA UN BAILE MUY SUTIL EN
LA PENUMBRA. EN LA PANTALLA VEMOS TAMBIÉN A MARTA
EXTASIADA OBSERVANDO LA EJECUCIÓN DE BANDONEÓN DE
JUAN. CUANDO JUAN TERMINA SU INTERLUDIO, MIRA A LA
CÁMARA. ANIARA, CIRINEO Y TEODOLINDO LO APLAUDEN.)

CIRINEO

Maestro, esta gira ha sido larga. Como su guía espiritual
y futuro agente acépteme este obsequio a su regreso (LE
MUESTRA UN HERMOSO CUCHILLO DE CACHA
DE PLATA). Era de mi padre y se maneja casi solo, para
que lo lleve siempre, porque nunca se sabe quien pisa
por estos lupanares. Qué instrumento más dilecto el
suyo. Si no fuera porque fui torero, reparador de armas
medievales, filólogo, consejero de la diócesis y back

central del glorioso Deportivo Pereira, no sería digno de
llevarle el acordeón, los parapetos y el libreto. (EN LA
PANTALLA, JUAN HACE UN GESTO DE ASOMBRO.)
No me mire feo, que ya se que es un Bandoneón y que
esos son sus atriles y partituras. No le había dicho,
pero también he sido cronista cultural de medios
internacionales. Una pregunta para la prensa, maestro:
¿cómo le llega usted a un instrumento tan aparatoso y
cómo lo hace sonar como los etéreos dioses?

JUAN

Entro presto, digamos, al Carnegie Hall, cierro los ojos,
interpreto e improviso, me someto a la apoteosis que
enceguece a manera de pergamino en bóveda y luego,
ahíto, me alejo taciturno de ese lugar emblemático y estoy
solo, solo. Gracias por el cuchillo de tu padre.(EMPIEZA
A TOCAR *Tango de la Luz de Quilmes*. ANIARA SE
ILUMINA Y EJECUTA EN SOLITARIO UN BAILE MUY
PORTEÑO.)

JUAN

Quilmes, que lindo. Así fue como conocí al Negro Mela en
un boliche del barrio Quilmes y él me llamó con el dedo
índice y me dijo a ver vos,che flaco, dice mi patrón que
toques un tango. Y yo toqué y toqué y no he parado de
tocar desde entonces.

(TOCA UN ACORDE)

CIRINEO

¿Estás hablando del Negro Mela, el asistente del gran Pugliese?

Te dije que lo conozco casi todo, o al menos lo imagino. Cuéntame como era Pugliese.

JUAN

Era un hombre enigmático, imponente, siempre con el periódico del partido comunista bajo el brazo y sobre todo un músico genial. Escuchá...

(TOCA Arreglos de Pugliese.)

(CUANDO TERMINA DE TOCAR LOS ARREGLOS, JUAN SE LEVANTA, SE ACERCA A MARTA, CORTESMENTE LE PIDE QUE SE LEVANTE Y LA ACERCA HACIA SI PARA BESARLA. AQUÍ LA ESCENA EN LA PANTALLA SE DISUELVE. INCONSPICUAMENTE Y ACOMPASANDO LOS LAMENTOS DEL BANDONEÓN EN LOS ARREGLOS DE PUGLIESE ENTRA UN HOMBRE JOVEN, DE ASPECTO UN POCO SINIESTRO PERO MUY ESTILIZADO. TRAE CONSIGO UN PEQUEÑO BULTO A LA ESPALDA. VEMOS DE REPENTE DIBUJADA SU SILUETA OSCURA DE ESPALDAS AL PÚBLICO Y EN ESE MOMENTO CIRINEO Y TEODOLINDO LO ADVIERTEN.)

CIRINEO (MIRÁNDOLO)

Pero miren quien esta acá, nada más y nada menos que nuestro desaparecido artista… ¿Cuándo te soltaron? ¿Te les volaste de Cómbita?

ASNORALDO

Acabo de salir, pero no de Cómbita, (HACE UN GESTO CON LAS MANOS QUE REVELA EL PODER DEL DINERO) me trasladaron, vengo de la Picota.

CIRINEO

Permítame señorita Aniara, le presento a la flor y nata de los bailarines de tango nacional e internacional, acaba de llegar de un largo viaje (DICE MALICIOSAMENTE); a él también lo representaré ahora que se reincorpora a la farándula.

(CIRINEO SE LEVANTA PARA ABRAZARLO, CUANDO ESTÁ FRENTE A ASNORALDO ESTE LE HACE UN QUITE MUY TORERO Y SE DIRIGE A ANIARA.)

ASNORALDO

Asnoraldo Rendón, para servirla señorita.

ANIARA

Un gusto, señor.

CIRINEO

Mirá vos Teodolindo, vení te presento, y comprá la lotería que este caballero nos va a traer la suerte.

TEODOLINDO

Mucho gusto joven. ¿Se conocen ustedes hace mucho tiempo?

CIRINEO

Nos hemos visto pocas veces, pero siempre al borde del voladero. Éste era un niñito de cinco años el mismo día en que desapareció bajo el lodo denso e inmisericorde la población proveedora de mis ganados, Armero, donde el padre de éste vivía. Esa mañana, el padre y yo decidimos partir y con nosotros venía él.

ASNORALDO

Claro, y lo recuerdo muy bien. Estabas con mi papá, la noche antes de emigrar, en la casa de la Gata, Nelly Orozco, la dueña de El Brindis, y con Heberto, el matarife, primo hermano de Antonio Cañaveral. Entran al bar los niños Piraquive y al alba, en medio de la danza, Heberto se acerca al más joven de los Piraquive y lo degüella de un tajo, diciendo "esta va por Antonio". El mayorcito Piraquive, que también esta en la pista, alcanza a bajarse de un tiro al matarife y va a seguir con vos.

CIRINEO

Allí me salvó la Gata que me escondió antes de que llegara la autoridad. Después de que saltaste por la ventana, te perdí la pista hasta que nos volvimos a encontrar en la cana.

ASNORALDO

Al día siguiente, el indómito volcán eyaculó sobre nosotros, y en mi pueblo sólo quedó pestilencia y muerte y a su alrededor dolor y llanto. Éstas serán tierras muy fecundas en mil doscientos años y los próximos ganaderos prósperos y felices, aseguró su eminencia monseñor Castrillón Hoyos durante la lodosa ceremonia de despedida, mientras acariciaba los muslos de sus siete sacristanes impúberes y yo buscaba incesantemente en los escombros los restos de mi familia. El Cirineo, aunque muy recorrido, es un provinciano neófito en ciertos actos amorosos y se sonroja con la naturaleza humana. Mire usted, señorita, que cuando uno lee al Marqués de Sade aprende que todo está en la forma, la disposición armónica, la sutileza, el esplendor de la belleza, y en el instante siguiente, la sangre, la barbarie, la mierda, el dolor, el semen, el homo y el hetero, todo junto que contraste y colapse, como dice Petronio: así, solo así, se logra un verso carnal.

CIRINEO

¡Te hiciste hombre de letras! ¡Hay tiempo para todo en la prisión! Pero no intentes confundirme que yo soy hombre de un solo lado; he sido guardaespaldas de personajes muy truculentos y poderosos y de pronto en mis noches de juerga alguna mala pasada me hizo.

ASNORALDO

Vos no dejas de ser un simple tránsfuga que le teme a la sombra, porque acordate que estás en deuda.

CIRINEO

(DIRIGIÉNDOSE A TEODOLINDO)

¡Un brindis, a la farsa del mundo!

Teodolindo, llamá a tu patrona para presentarles a ella y al che a esta pinturita.

(TEODOLINDO MARCA Y APARECEN EN LA PANTALLA JUAN Y MARTA SALIENDO DE LA DISOLVENCIA ANTERIOR DEL BESO.)

TEODOLINDO

Doña Marta, Don Juan, con su permiso les presento a Asnoraldo, muy famoso bailarín de tango, un amigo de Don Ciri. Supongo que él también viene a ofrecerle sus servicios al Montefiore después de un largo viaje. Ay! Pero no nos dirás que solo bailas. Danos detalles.

MARTA

Si, querido, aclarame los detalles que a mi me interesan.

JUAN

Con que sos un virtuoso…

(JUAN TOMA EL BANDONEÓN Y CON MARTA EMPIEZAN EL Tango Pendenciero, QUE ES UNA EVOCACIÓN DEL ENCUENTRO ESPERADO POR MUCHOS AÑOS POR DOS RIVALES. ASNORALDO INVITA A BAILAR A ANIARA Y A TEODOLINDO QUE ACEPTAN, PERO CADA UNO BAILA SOLO MIRÁNDOSE Y OYENDO LA MÚSICA. CIRINEO PERMANECE EN SU MESA. CUANDO TERMINA EL TANGO, LA LUZ BAJA Y LA IMAGEN SE CONGELA EN LA PANTALLA Y EN UN PASO DE BAILE ENTRE TEODOLINDO Y ANIARA. PAUSA. CIRINEO Y ASNORALDO EMPIEZAN A CONVERSAR JUNTOS EN EL CENTRO DE LA ESCENA.)

CIRINEO

Vos entenderás, que yo no podía decirle a ninguno de ustedes mi plan. La verdad es que el único que sabía que me iba era el médico. Él fue quien me sacó en una caneca hasta el carro de la basura.

ASNORALDO

Hombre, después de tu escapada, a todos los de nuestra celda nos enviaron a la de máxima seguridad. Nos echaron a la espalda al fugitivo. Eso está en deuda.

CIRINEO

Calmate, no necesitamos regresar tras los barrotes cuando todo anda tan bien. Ahora soy un exitoso empresario de espectáculos de tango, agente de artistas, y sobre todo hombre de la calle y sigo dándole brillo a mi cuchillo como ninguno por estos lodazales, incluso mejor que vos.

ASNORALDO

Hacete el cargo que por vos pase mil ochocientos diecisiete días, 1817! con sus largas noches en una infame celda.

CIRINEO

Yo conozco muy bien esos lugares, no exagerés.

ASNORALDO

¡Mentiras! Vos sólo conociste la sala de recibo.

CIRINEO

Reconfórtate hombre, recordá que ilustres hombres encarcelados produjeron magníficas obras: Oscar Wilde desde su celda en Galor o el Barón de Barones, Jean Genet, y el mismo Don Miguel de Cervantes, que manco y todo escribía. Estos caballeros   del verbo te deben alentar; mas bien seguí y bailá como sólo vos sabés.

ASNORALDO

Fue huyendo del momento como aprendí ciertos ademanes en prisión. Y ahora en el salón de baile elijo la que será mía.

CIRINEO

Elijo, elijo… vos no elegís nada… vos sos una percha, uno nunca elije ni sale del todode su barriada. Pero vos sí que dejaste todo a la borrasca. Te fuiste lejos, ¿no?

ASNORALDO

Me fui pa'l norte y me les metí por el hueco, acompañado sólo de un libro que está escrito en lunfardo, se intitula

"La crencha engrasada" del malevo Muñoz, que también fungía por esos lares.

CIRINEO

¿Y a que regresaste? Aquí no hay rascacielos, ni polvos contra las pulgas.

ASNORALDO

A milonguear con él o la que me pongan, pero sobre todo a saldar algunas cuentas que tengo pendientes. Como vos dijiste, uno al final nunca sale del todo de la barriada, va y vuelve.

CIRINEO

Cuidate, que este país esta cada vez mas peligroso y bobo. Acordate que el demonio es un ser común y corriente y siempre humano, que se mete en nuestro lecho y come en nuestra mesa.

ASNORALDO

Vos no te preocupés, que aprendí a creer en la falacia y a retroceder el alfil aun fuera del campo de batalla… (CON VOZ ALTIVA Y FUERTE) Sirvan pues las bandejas que el comensal de turno regresó de la gira por Asia menor, se va a tomar su guarapo, a vestir el liquilique, y a iniciar de nuevo su recorrido.

(HACE UN GESTO, Y EL BAILE DE ANIARA Y TEODOLINDO SE ANIMA Y LA MUSICA SIGUE EN LA PANTALLA. JUAN SUBE EL VOLUMEN DEL BANDONEÓN Y AL MISMO TIEMPO SUBE EL VOLUMEN DEL PIANO. ANIARA DEJA A TEODOLINDO CON CIRINEO Y BAILA CON ASNORALDO HASTA QUE LOS MUSICOS TERMINAN EL Tango Pendenciero EN LA PANTALLA.)

MARTA (A JUAN)

Pero vos sos un virtuoso.

JUAN (CON EL BANDONEÓN EN SU PIERNA.)

Tu servidor (ATACA UN ACORDE CON EL BANDONEÓN) y cuando volvamos a tu casa, al Montefiore, espero merecer el título de músico residente de ese notable establecimiento.

MARTA

(GIRA HACIA LA CAMARA) Y vos, Asnoraldo, un gran bailarín y esta niña, Anianda, ni se diga; vamos, vamos… (OTRA VEZ ATACA EN EL PIANO)

(GRAN PIEZA SEMIFINAL, Preludio de la Mascarada.
BAILAN ANIARA Y ASNORALDO. CIRINEO
INTERVIENE Y ANIARA JUEGA CON LOS DOS.)

JUAN

(INTERRUMPIENDO LA MUSICA.)

Marta, escuchame, la música sin sensualidad y sin
sexualidad no es nada, es una escoria, no transmite.

MARTA

Entonces mejor interpretemos algo que nos toque la vibra.

(MARTA Y JUAN RETOMAN EL Preludio de la Mascarada Y CON
MUCHO VIGOR REMATAN LA PIEZA. DISOLVENCIA DE LA
IMÁGEN EN LA PANTALLA.)

CIRINEO (A TEO)

Vean pues a ésta, le traje un músico argentino y ya ni me voltió a mirar.
Y yo que no toco ni los rejos de las campanas. Esa me la pagarás con el
tiempo, faltona. Aniara, venga mija y me consuela. Mi lindo, cámbiame
este trago a aguardiente amarillo y poneme a cantar al Mudo.
(VACILANTE)

Yo mejor me voy de este putarral; no se que me pasa en estos ojos que
no veo sino putas y maricas.

(CIRINEO SE RETIRA SOLO HACIA SU MESA QUE QUEDA EN PENUMBRA. ANIARA SE SIENTA JUNTO A EL, Y LE HACE UN GESTO EXTRAVAGANTE QUE PARECE ESOTERICO. LA LUZ CAMBIA, Y AMBOS QUEDAN EN UN LUGAR DE LA MEMORIA: UN HOSPITAL. LUZ VERDE PALIDA. SOLILOQUIO DE CIRINEO SOBRE SI MISMO.)

CIRINEO

Este bochornoso exceso está impregnado para siempre
por los rincones de este lustroso Hospital religioso o
mansión del límpido, que a principios de siglo solo recibía
leprosos, pero como sus clientes se fueron desmoronando
poco a poco, ahora también acepta excombatientes,
pilotos y paracaidistas de la guerra de Corea y como yo
he desempeñado estas funciones con tanto éxito, vine
a parar a este lugar. Mis hermanas me abandonaron en
este pequeño negocio de salud derruido, para que domen
mi potra. Quedo sólo, exhaustamente sólo. Espero, pero
en verdad ya no espero nada bueno. Me someto a esta
terapia porque solo así podre recobrar mi capacidad viril.
Cierro los ojos y siento cuan fría es la camilla metálica sin
cobertor y ahora contemplo la última cuchillada impune,
la verdaderamente alevosa y el elixir que es vida y muerte
llamado anestesia se apodera de mí y de mis propios
sueños… ¿Será para siempre?

(BAJA LA LUZ SOBRE CIRINEO Y ANIARA Y SUBE SOBRE ASNORALDO Y TEODOLINDO EN LA OTRA MESA.)

TEODOLINDO

Estuviste encerrado varios años. ¿Fue muy dura la experiencia?

ASNORALDO

Mirá amorcito, aunque   es una condición detestable, allí fue donde aprendí   ciertosademanes, invaluables enel momento de establecer relación con las hembras. Ahora son ellas las que me sujetan y ruegan al santísimo todopoderoso, inexistente fuera de sus cabezas, que no me les escabulla.

TEODOLINDO

¿Como transcurrían las noches?

ASNORALDO

Despiadada, bueno si me servís un trago más te cuento (SE TOMA UN TRAGO DOBLE); a ver servime otro, me encanta el espumoso, es la única bebida que tiene sonido propio y mejor si esta frio.

TEODOLINDO

Toda la botella para vos. Sí, soy despiadada, pero en la
cama, ¿querés probar?

ASNORALDO

Todavía no, no tengo con que, vengo del presidio, pero
te sigo la historia. Dormía en el camarote más alto. Un
cambuche exquisitamente tapizado con papel periódico
que me resguardaba del brutal frio del páramo, pero en
ocasiones, o casi a diario, en el hielo de la alta noche,
mi lecho recibía visitas de velludos pechos, aunque
humillantes en el sentido varonil de mi comarca,
eran necesarios. Menesteres a los que me obligaba
la extremadamente costosa salida. Me acostumbré a
pretender el placer en cada acto pasional y a distinguirlo
del soborno.

TEODOLINDO

Pero debes haber hecho algo muy horrible, mi amor, o eso
o no tenías dinero para pagar al juez; en la clase política
nuestra, por ejemplo, un asesinato no da ni un solo día de
cárcel, si tenés unos milloncitos.

ASNORALDO

Fui a prisión, por desvalido social, porque me
confundieron. Veo el instante donde un hombre
pequeñísimo, pigmeo en expresión y forma,   me dice,

luego de mis mil ochocientos diecisiete días con sus largas noches, a partir de hoy estas libre, nos hemos percatado de que tú no cometiste el asesinato que se te imputa. Lárgate antes de que te mande a otro pozo más profundo, bicho miserable. Y yo me alejo en sollozo como si fuera culpable.

TEODOLINDO

(UN POCO EBRIO) Acordate mi joven amigo que el olvido es parte del desencanto necesario, mejor miremos de nuevo la noche parisina, el vino perfectamente servido, el jazz de trasfondo pre-guerrero.

ASNORALDO

¡Ah! si fuera así de fácil: algunas tardes cuando enfrento la soledad y oscuridad polar en la que ahora habito, vienen festivos, de visita en sucesión, mis amigos de juventud a contarme de nuevo como si yo no lo supiera lo ocurrido ese día cuando propuse a Carlo Magno y Paulino, luego de haber salido de El Ansia, nuestro bar preferido, abordar maliciosamente en la madrugada al tal Cirineo.

TEODOLINDO

Pero que arriesgados ustedes, o mejor dicho ignorantes, no sabían a quien le salían.

[ASNORALDO SE LEVANTA Y MIRA DESAFIANTE A
ANIARA Y CIRINEO, QUIEN SE QUEDA TRANQUILO.
CRECE LA TENSION ENTRE CIRINEO Y ASNORALDO.
ENTONCES TEODOLINDO ENCIENDE LA PANTALLA
Y APARECEN MARTA Y JUAN.]

TEODOLINDO

Si me permite, patrona, tengo una idea. Montemos para la
cena de los delfines una mascarada, como dicen que son
los bailes en Venecia.

MARTA

No se diga más, querido Teo. Procede.

(MARTA HACE UN GESTO A JUAN PARA TOCAR JUNTOS.
COMIENZAN A TOCAR LA MILONGA de Carlo Magno y Paulino.
ASNORALDO ATACA UNA DANZA QUE REPRESENTA LA ESCENA
QUE VA A CONTAR. DE SU BULTO, SACA DOS SOMBREROS
Y PONE UNO A ANIARA Y OTRO A TEODOLINDO, QUE SE
VUELVEN ANDRÓGINOS.]

ASNORALDO

¡Queríamos compartir la suerte de tahúr de Cirineo, acto
nefasto!

[COMPÁS DE BANDONEÓN Y PIANO]

El carnicero que tiene dotes místicas resolvió el encuentro
de una manera súbita e insólita como dice Carlo Magno.

[COMPÁS DE BANDONEÓN Y PIANO]

Tan sólo buscábamos consejo en el juego del dado cargado
y la ruleta rusa y quizás unas monedas prestadas.

[COMPÁS DE BANDONEÓN Y PIANO]

Cuando en la oscuridad advirtió nuestra sombra, el
carnicero cargó contra nosotros de manera feroz.

[COMPÁS DE BANDONEÓN Y PIANO]

Y sin mediar palabra ni gesto premonitorio, en cuestión
de segundos mis amigos inermes yacían exangües en la
calle como corderos degollados.

[COMPÁS DE BANDONEÓN Y PIANO]

Yo creí haberme escapado, pero ahora que hablo con
Carlo Magno, mientras Paulino se queja, me cercioro de
que el Cirineo nos ultimó a todos.

[MARTA Y JUAN CIERRAN LA MILONGA Y SE QUEDAN EN LA
PANTALLA CONGELADOS. LA COREOGRAFIA TERMINA CON

ANIARA, ASNORALDO Y TEODOLINDO TENDIDOS EN EL PISO.
ANIARA SE LEVANTA.]

ANIARA (A ASNORALDO)

¡Ese extraño vicio de recordar! ¡Qué macabra manía que
nos atormenta!

Sólo te queda la vía esotérica, para salvaguardar tu
maltrecha hombría: la imantadora de espíritus, mi amiga
Amalia Hernández. Ya veras como al apagar las luces,
entrelazar las manos y hacer la invocación espiritual
llegará de sopetón la vibración del cristal anunciando el
regreso de tus amados Carlo Magno y Paulino.

[LA IMAGEN EN LA PANTALLA SE ACTIVA DE NUEVO.]

JUAN

[CERRANDO EL BANDONEÓN]

Che, cualquier relato tuyo me lo manco para un tango sin
problema. Por esas latitudes pareciera que la ficción es
solo un juego de niños que observan a su alrededor.

ASNORALDO

[OBNUBILADO POR EL ALCOHOL]

¡Ah! Déjame aclarar querida sombra, si aun estas allí, que es hora de ponerse gomina italiana, el traje oscuro Gucci, los pisantes franceses de charol, la corbata de seda japonesa y llegar al cabaret a bailar   con la mina más hermosa. Permiso.

[MUY BORRACHO, ASNORALDO SE SIENTA EN SU MESA Y COMIENZA A VESTIRSE CON LAS ROPAS QUE SACA DE SU BULTO. ANIARA SE ACERCA A LA PANTALLA. APARECE MARTA EN EL PRIMER PLANO.]

ANIARA

Permiso señora, ¿puedo ser indiscreta?

MARTA

En verdad no, pero como para los caribes es difícil contenerse, decime que querés, corto y concreto.

ANIARA

¿Al Montefiore vine a culminar la danza que dejé a medio camino?

MARTA

(BEBIENDO UN POCO DE VINO)

Sí, a tu lecho con tu bailarín enamorado. Este es el lugar donde llegaste. Esa es mi filosofía.

No se cómo empezó todo esto, quizás fue cuando abrí este hermoso libro, (TOMA UN VIEJO LIBRO) Las mil y una noches, mil y una. Me refiero a la dedicatoria de su editora Isabel Burton… (LEYENDO DEL VIEJO LIBRO)" Dedico esta edición a las mujeres del mundo, sabedora de que la mayoría apreciará el fino lenguaje, la exquisita poesía y el arte del amor de oriente". Mi condición es similar: amamanto el placer en el performance, aunque el auditorio sea solo yo misma. ¡Ah! Mis noches memorables, pero ninguna como la de la noche en la que él llegó. Sabes a quién me refiero, ¿no? (SEÑALANDO A JUAN) ¡Ay, ay! tantísimos recuerdos y viejas emociones. [PAUSA. MARTA TOCA acordes muy evocativos para piano]

ANIARA

Por favor termine doña, no se cohíba.

MARTA

Este hombre me deslumbró y terminó con la fastidiosa rutina de una mina como yo que ha compartido su lecho con presidentes en fase demencial y desvestido ministros travestis. Pierdo mi brújula, tal que mi oriente empieza a ser guiado por el magnetismo de este hombre.

(ENTRA TEODOLINDO TRAVESTIDO CON LAS MÁSCARAS)

TEODOLINDO

¡Oído cocina! ¡Doña Marta, la cena está dispuesta!
¡Que llegan los delfines! ¡La mascarada! ¡Es hora de la
mascarada! ¡Anda a vestirte niña que ya tejen las Arañas!

(ANIARA SALE CON SU MALETICA. EN LA PANTALLA MARTA
Y JUAN COMIENZAN EL Preludio a la Milonga de la Mascarada.
TEODOLINDO CANTA la Milonga de la Mascarada.]

Musa del arrabal, musa mistonga

Triste fruto del vacío y la pasión,

Naciste destinada a la milonga

Al arrullo de un tango de salón.

Piba bonita que el andar taquero

Te vende sin pensarlo, sin querer,

Y entre el mugre piropo cantinflero

Llegás hasta las puertas del taller.

De ojos azules donde brillan llamas,

Trágicas llamas de ansias homicidas,

Está el pueblo que sufre en tu mirada

En todas sus pasiones contenidas. Para vos estos versos
rantifusos Hechos de zurda, si, de corazón,

Como a tu vida triste lo impuso

El arrullo de un tango compadrón.

[ANIARA VESTIDA HACE UNA ENTRADA DE ACTRIZ TRÁGICA
CON LA MÁSCARA DE LA TRAGEDIA GRIEGA Y UN PAPEL EN LA
MANO QUE PARECE UN ROLLO DE PERGAMINO.]

MARTA

¿Porque lucís tan triste querida Aniara? (A JUAN)
Pasame las gotas de morfina que este maldito tumor me
atormenta hoy más que nunca y quiero estar espléndida.
No quiero parecer como venida del Parque japonés.

(CIRINEO, EBRIO, SE PONE LA MÁSCARA DEL CARNAVAL DEL DIABLO DE
RIOSUCIO QUE LE ENTREGÓ TEODOLINDO Y SE ACERCA A ASNORALDO
QUE A SU VEZ SE PONE LA MÁSCARA DEL ÁNGEL DE LA MUERTE, QUE ES
BLANCA, Y QUE LE ENTREGÓ TEODOLINDO. ESTE SE PONE LA MÁSCARA
DE LA RISA DE LA COMEDIA GRIEGA.)

CIRINEO
(ACERCANDOSE A ASNORALDO COMO TORERO
QUE CITA AL TORO)

¡¡Cuánto tiempo!! ¡No hay plazo que no se cumpla, ni
deuda que no se pague!

(LO SACA A BAILAR A ASNORALDO, SALEN A LA PISTA Y
ALLÍ ASNORALDO LO EMPUJA. CIRINEO NO ACEPTA LA
PROVOCACIÓN Y SACA A BAILAR A ANIARA. BAILAN CIRINEO
Y ANIARA, Y TEODOLINDO Y ASNORALDO. MARTA, JUAN, Y LA
ORQUESTA EN OFF EJECUTAN FRENETICAMENTE LA MÚSICA DE
LA MÁSCARADA DE LA ÚLTIMA CENA.)

ANIARA

(MIENTRAS BAILAN) Gracias Cire, me aprietas con la
pezuña. Quieres que te guarde el cuchillo?

CIRINEO

No! Yo a mi niña no se la dejo a nadie, y no me la mire de
a mucho que me la pasma.

{BEBEN FRENETICAMENTE TODOS}.

ANIARA (A ASNORALDO)

¡Ven, bailemos!

(EMPIEZA A BAILAR CON ELLA Y DE REPENTE ELLA SE APARTA LLORANDO) (ANIARA, EN EL CENTRO DE LA ESCENA, EBRIA, HABLA MUY FUERTE, ACOMPAÑADA POR MÚSICA EN CRESCENDO.)

ANIARA

Brindo por los machos que nos acompañan esta noche, los que nos poseen con deleite y luego huyen. Viva el coitus interruptus, sobre todo si es interrupto por otro varón. ¡Viva mi patria! ¡Viva mi puerto! ¡Viva mi madre muerta!

(LA MÚSICA PARA ABRUPTAMENTE.)

TEODOLINDO

(SE QUITA LA MÁSCARA)

Aniara niña, de qué estamos hablando?

ANIARA

(ACTUANDO UNA ESCENA MUY FORMAL DEL TEATRO TRÁGICO GRIEGO)

(RECITA "Alguien pasa" de Meira Delmar)

Alguien pasa y pregunta

por los jazmines, madre.

Y yo guardo silencio.

Las palabras no acuden

en mi ayuda, se esconden

en el fondo del pecho, por no subir vestidas

de luto hasta mi boca,

y derramarse luego

en un río de lágrimas.

No sé si tú recuerdas

los días aún tempranos

en que ibas como un ángel

por el jardín, y dabas

a los lirios y rosas

su regalo de agua,

y las hojas marchitas

recogías en esa

tu manera tan suave

de tratar a las plantas

y a los que se acercaban

a tu amistad perfecta.

Yo sí recuerdo, madre,

tu oficio de ser tierna

y fina como el aire.

Una tarde un poeta

recibió de tus manos

un jazmín que cortaste

para él. Con asombro

te miró largamente

y se llevó a los labios,

reverente, la flor.

Se me quedó en la frente

aquel momento, digo

la frente cuando debo

decir el corazón.

Y se me va llenando

de nostalgia la vida,

como un vaso colmado

de un lento vino pálido,

si alguien pasa y pregunta

por los jazmines, madre.

[PAUSA TRAGICA]

Se fué mi mamá hace ya seis semanas. Salió de viaje para no volver, apenas anoche me enteré, la vecina nuestra fue quien me lo comunicó

(MOSTRANDO EL PERGAMINO) pues mi padre rehúsa hablarme. (HACÍA MARTA) Y como Teodolindo me mandó atender hoy a sus dos congresistas y al impotente procurador, no tengo tiempo siquiera

de rezarle un rosario. Hace ya doce años fue la última vez que hablé con ella. Papá se lo prohibió. (UN SILENCIO BREVE. TODOS MIRAN A ANIARA.)

TEODOLINDO

Va un trago a su memoria (VIERTE UN TRAGO AL PISO Y ÉL SE TOMA OTRO.) No es de buena suerte rezar en un cabaret.

ASNORALDO (EBRIO)

Venga muchachita y sigamos bailando, aquí te tengo tu muñequito (SE TOCA EL PENE). Te mostraré que yo soy un varón que nunca huye, no como éste (SENALANDO A CIRINEO. LA TOMA A LA FUERZA).

ANIARA

Ahora no, déjame sola.

ASNORALDO

Regresé a divagar por el mundo, a sufrir el desprecio de los que se rigen por el sistema moral de turno, es decir al resplandor de la ignominia. Pero a vos si te tengo en mis manos, serás mía esta noche a las buenas o a las malas.

ANIARA

Ni para pagar la pieza tenés. Mirate al espejo que no invierte la imagen y buscá al Paulino que anda dentro de ti, exorcízalo, a mi déjame en paz, maricón.

ASNORALDO

¡¡Mujerzuela barata, esto es lo que te mereces!! (LA AGARRA POR EL BRAZO SACUDIENDOLA).

TEODOLINDO

Maldito (A ASNORALDO), a una mujer sólo se la contempla o se la toca con su anuencia para acariciarla. Reina y peón y te pongo en jaque plebeyo orangután descojonado, cógeme la teta para amamantarte con escopolamina.

(TEODOLINDO SACA UNA BARBERA DEL BOLSILLO. ASNORALDO SACA DE SU BULTO UN CUCHILLO MATAGANADO. DOS LANCES ENTRE TEODOLINDO Y ASNORALDO.)

CIRINEO (APARTANDO A TEODOLINDO)

Alejate Teo! esto es una cosa de machos y mi niña brilla insistente.

(ENFRENTAMIENTO A CUCHILLO ENTRE CIRINEO Y ASNORALDO. LA PELEA TIENE LA FORMA DE LA DANZA QUE VIMOS AL COMIENZO DE LA OBRA. EN EL MOMENTO EN QUE LOS DOS VAN A APUÑALARSE, SE CONGELA LA IMAGEN. EN LA PANTALLA VEMOS UNA PROYECCION DE LA PELICULA EL MARTIR DEL CALVARIO: SOLO LA TOMA EN LA QUE CRISTO MIRA LA CARA DE CIRINEO, QUE ES EL ACTOR QUE LO REPRESENTA EN LA OBRA. DESPUES DE ESTA IMAGEN, REGRESAN A LA PANTALLA MARTA Y JUAN. LA LUZ BAJA SOBRE TEODOLINDO Y ANIARA, Y LA IMAGEN DE MARTA Y JUAN, QUE HAN OBSERVADO LA ACCION TAMBIEN SE TRANSFORMA GRADUALMENTE HASTA QUEDAR EXTATICA. ASNORALDO EJECUTA UNA BREVE SECUENCIA DE LA DANZA DE LA MUERTE DE PAULINO Y CARLO MAGNO A MANOS DE CIRINEO, HASTA QUE LOS DOS QUEDAN FRENTE A FRENTE Y EN EL MOMENTO EN QUE SE APUNALAN EL UNO AL OTRO, LA IMAGEN DE AMBOS SE CONGELA. BAJA LA LUZ.)

EPÍLOGO DE CIRINEO

CIRINEO

¿Y qué hace mi sombra en el solitario valle de la muerte?

(SE ESCUCHA EL HIMNO DEL CARNAVAL DEL DIABLO DE RIOSUCIO, CALDAS. CANTA.)

Salve, salve placer de la vida Salve, salve sin par carnaval

De Riosucio, mi tierra querida,

Que eres hija del diablo infernal.

(A MANERA DE PREGÓN)

Pasan por el pódium ferial: Doña Aura Bustamante con el flácido miembro de Don Pascual en su mano diestra mientras en la siniestra aun empuña el machete, pasa Luisa la culebrera copulando con su propio vástago, pasa Antonio Cañaveral juagado en sangre, bailando apasionadamente con el niño Piraquive, pasan Pate'gato y La reina Margot pariendo otro sicario a la edad de sesenta y cuatro años, pasan Sangre Yuca y Comején violando a carcajadas al sobrinito de Margot, pasan los dos impúberes de la calle del río Otún, Carlo Magno y Paulino, engominados, hermosos y sonrientes. Pasa este corto trance mío y regreso al trajín con lo indeterminado, acaricio la testuz del zaino animal y cito de largo para empezar mi faena matinal. Me encuentro con la brutal cotidianidad que mitigamos con alcoholes pendencieros.

Viajaba por la Mesopotamia cazando avestruces azules y súbitamente un enorme lagarto rojo al verme, se hinca, lanza fuego por boca y ano y en una lengua gutural prevé los senderos que debo evitar e indica con un gesto ambiguo la foto del niño Asnoraldo mi ahijado, hijo de Luciano Rendón, el herrero.

Es tarde, no hay quien me despierte. Hoy, poco antes de ser vencido en el duelo final, me cercioro de que el chico

que huyó por la ventana, el de la foto, y mi matador
son una y la misma persona, Asnoraldo Rendón. En la
ruta con tres caminos que me indicó el lagarto, todos
terminaban en la misma estancia: no hay vía de escape,
tan sólo posponemos el desenlace inevitable.

Te acordás hermano qué tiempos aquellos

Veinticinco abriles que no volverán Veinticinco abriles,
volver a tenerlos

Que cuando me acuerdo me pongo a….

En este instante entiendo la sentencia de la copera
desdentada del cabaret del puente de Cartago: "No hay
peor desperdicio para un hombre que no aprovechar
una erección." Para consuelo, si es que existe, aun me
acompaña el cuchillo en su funda presto para los casos
extremos, así sea yo mismo su morada.

APAGÓN-FIN

Agradecimientos especiales a Germán
Jaramillo por la cuidadosa lectura de los
textos, por sus valiosos comentarios y la
adaptación teatral de la obra.